家族との約束

夢の新天地・1970年代
アメリカ眼科医学界への
旅立ちと帰還

Invisible family tie

秋山健一
秋山眼科医院 名誉院長

現代書林

はじめに

過日、久しぶりに忙しい日常から離れ、妻と二人で軽井沢へ旅をしました。ホテルにチェックインし、部屋に入ったときでした。ふと、何か忘れものをしているような気分になったのです。

何を忘れたのだろう？　自分に問うてみました。「無事に着いた」と知らせる相手がいない。それを忘れていたことに気がつきました。まだ子どものころから大人になったのちまで、外へ出たときは必ず何らかの方法で家族に無事を知らせる。そんな慣わしがあるのがわが家でした。

父と母、姉と妹、そして私の五人家族で、私以外はとうに鬼籍に入っています。私は現在七七歳ですから、両親が他界していても珍しくはないでしょうが、姉は六〇歳、妹も六五歳で亡くなりました。

久しぶりの旅のせいか、両親と姉妹の顔がつぎつぎに脳裏に浮かんできました。二度と会えない寂しさと懐かしさの入り混じった気持ちが胸にあふれてくるのを感じながら、窓の外、夕暮れどきの軽井沢の風景をじっと眺めておりました。

そのときでした。これまでの自分のこと、家族のことをたどり、きちんと書き残しておきたい、それが残された私の務めなのだという思いに駆られたのです。

人の一生にはだれしも、原点と転機があるのではないでしょうか。若いうちは気づかなくとも、歳を重ねて思い返すと、あれが自分の原点だった、転機はあのときだったのだと、わかってくるように思えます。

私の原点といえば、眼科医の家に長男として生まれたことです。岩手県の病院勤務医だった父は、やがて東京で「秋山眼科」を開業しました。昭和二六（一九五一）年、私が小学校三年生のときです。大学時代に結核を患った父は病弱で、姉を中心に家族全員がその父を支えてきました。

そんな家族のなか、ただ一人の男の子である私にあと取りとしての期待が寄せられたのも当然だったでしょう。私もまた、それに応えようと頑張り、慶應義塾大学医学部を卒業して眼科医の道を歩み始めました。

転機となったのはアメリカ留学でした。眼科の先進国アメリカで腕を磨きたいと考えて渡米、研修医（レジデント）として三年間を過ごしました。若いころからあこがれていたアメリカは、自分の想像よりはるかに素晴らしい別世界でした。

医師としても人間としてもアメリカに魅せられた結果、父のあとを継ぐべく育てられた生い立ちを忘れていました。アメリカ人女性と結婚し、アメリカで開業したいという欲求に駆られたのです。

アメリカでの既定の研修を終えて、帰国してからそのことを話すと、家族全員が猛反対しました。「約束が違う！」というわけです。そして、家族との長い葛藤が始まりました。

いま思い出しても、本当につらい時期でした。家族にとっても同様で、ことに姉は命がけで私の前に立ちはだかりました。

姉の必死の思いが伝わり、私はようやく「家族との約束」が何であるかを理解し、再度のアメリカ行きを断念、家族のもとに戻ることができたのです。

慶應義塾大学医学部講師や、国立東京第二病院の医長などを経て、平成四（一九九二）年、秋山眼科二代目院長に就任しました。姉も妹も実に献身的にサポートしてくれ、二〇年後には、私の長男が三代目となり、私は名誉院長に就き、今日に至っています。

思い返してみると、私が父のあとを継ぐことについて、家族とのあいだであらたまった約束の言葉を交わした記憶はありません。暗黙の約束であり、私にとっては宿命というか、生まれたときから組み込まれていたように思えてなりません。

家族のありようが大きく変化した現在では、わが家のそういう約束は古くさいものという考えもあるでしょう。しかし、その約束を胸に、私たち家族は寄り添って生きてきたのです。それを書き残しておきたいと、この本の執筆を始めました。

もうひとつ、書いておきたいことがあります。日本の眼科医療についてです。アメリカで臨床研修の日々を送った私にとって、日本の眼科臨床教育はあまりにも遅れているように思えてなりません。むろん研究も大切なことですが、よい臨床医はそのまま国民の幸せにつながります。臨床の場こそ力を注ぐべきではないか。その提言も入れておきたいと思います。

大仰に語ることもない眼科医一家の歴史ですが、そのなかから何かを汲み取っていただけるなら、私にとってそれに勝る喜びはありません。

二〇一九年三月吉日

秋山眼科医院　名誉院長　秋山健一

目次

第四章　帰国後の葛藤の日々

第五章　慶應義塾大学講師から国立東京第二病院医長へ

第一章　眼科医の家に生まれて

秋山家のルーツをたどる

わが家の歴史をたどるこの本を、まず両親の話から始めたいと思います。

父・秋山武は明治四二（一九〇九）年一月生まれで、二歳のときに父親を亡くしています。私の祖父にあたるその人は歯科医でしたが、二八歳のとき、結核で他界しました。

あとで述べますが、父も大学時代に結核を患い、それが生涯にわたって影響しました。ちなみに、父の祖父も結核で早く世を去っております。明治から昭和にかけ、結核は日本の「国民病」と呼ばれ、多くの人々がこの病気で亡くなっています。

どなたもご自分のルーツについて関心があることでしょう。自分の両親、その両親とたどっていきたくなるものです。私もルーツをたどり、わが家の家系図を作ったことがあります。

私の遠い親戚に秋山英二郎さんという方がおられ、その方が秋山家の祖先について克明に調べ、まとめてくれています。

その記録によると、わが秋山一族の先祖は『武田勝頼とともに討ち死に』と記されているそうです。勝頼は武田信玄の息子であり、ともに討ち死にということから類推すると、かなり格の高い武士だったと思われます。勝頼の家臣として、現在の長野県に住んでいたようですが、一族の一人が茨城県に移住、そこから私たちの秋山家がスタートしました。

二歳のときに父親を亡くした武は、同じ土浦市にあった母親の実家に移り、そこで育ちました。土浦には秋山家の先祖代々の墓碑があり、墓誌にはたくさんの人の名が刻まれています。

秋山家の家系図を作っていて気づいたことは、医者になった人が多いことです。人が職業を選ぶにはさまざまな理由があるでしょうが、近い親戚に医師が多いと、自ずとその道に目が向くのかもしれません。

眼科医を志したことについて、父からその理由を直接聞いたことはありませんが、医師になったきっかけは、母方の祖父・小倉信の影響が大きいようです。彼は当時、土浦市では数少ない薬剤師として病院勤めをしていましたが、孫の武に「将来、医者になれ」と勧めていたそうです。

姉·多加子と私、2 歳ごろ

昭和 21 年ごろの家族写真

青年時代は自分の将来について、いろんな夢を描くものですが、父も医師ではなく学校教員の道を考えたことがあるようです。

旧制中学から名門の旧制水戸高校を受験したものの失敗、一〇カ月間、小学校の代用教員として働いていました。根が真面目な性格の父は、どうすれば小学生に上手に教えられるか真剣に考え、教員になろうと決心したそうです。

ところが祖父の信に相談すると、「教員になんかなって何になるんだ！　医者になれ」そう一喝されたといいます。祖父は教員を軽んじていたわけではなく、病院勤務で医師たちと日々接しており、これこそ男子一生の仕事と信じていたのかもしれません。

父は祖父の言葉に従い、水戸一高から千葉大学医学部に進学しました。

　子どものころから成績のよかった父は、一方でスポーツが好きで、高校時代には陸上競技の走り幅跳びで五メートルを超える記録を出したそうです。しかし、大学の寮に入り、学業やスポーツに精を出していた青年の父に、やがて不幸が襲います。

　結核です。何年生のときに発症したのかはわかりませんが、千葉大学病院へ入院。医学生から結核患者へと、境遇が一変します。

　一年間の留年を余儀なくされましたが、それよりも、自分の父親や祖父を同じ病気で早くに亡くしていますから、強い不安に駆られたことでしょう。自分の将来について絶望的な思いを抱いても不思議ではありません。

　自分の闘病についてほとんど語ることのなかった父ですが、私が幼いころ、一緒に風呂に入ると、胸郭が左右にずれていましたから、おそらく胸郭成形術の手術を受けたものと思われます。

　結核は治りましたが、それがもとで肺が悪くなり、気管支拡張症や肺高血圧になるなど、病弱な体になってしまいました。生涯、持病の結核に左右されることになったのですが、一方で入院中に母と出会ったのですから、人の運命はわからないものです。

　母・英子は父より三歳下で、長野県松代市に生まれました。母は、松代高等女学校を卒業したあと、千葉大学病院で看護師として働く姉の手伝いをすることになったようです。その縁で入院中の父の世話をするようになり、父に見初められたわけです。

　後年のことですが、母の日記にこんな言葉が書かれています。

『いつもにこにこ。優しい女らしさを忘れずに』

小柄ですが、明るく健康そのもの、いかにも家庭的な母に、父は惹かれたのでしょう。

昭和一〇（一九三五）年、二人は結婚しました。父・二八歳、母・二五歳のときです。

岩手県陸前高田市に生まれる

千葉大学医学部を卒業した父は、眼科医の道を歩み始めました。医師として花形の外科医などほかの診療科目を考えたこともあるかもしれませんが、病弱な体を考え体力的に負担の少ない眼科医を選んだのでしょう。

千葉大学眼科医局から、東京都八王子の関連病院へ派遣されました。研修を兼ねての派遣ですが、そこで姉・多加子が誕生しています。昭和一四（一九三九）年一〇月のことです。

近所の友達と。右から姉、妹、一人おいて私

その二年後、昭和一六（一九四一）年四月七日に私が生まれていますが、八王子ではなく遠く離れた岩手県気仙郡高田町でした。昭和三〇（一九五五）年に合併による市制が施行され、陸前高田市になっており、この本では現在の地名で進めていきます。

千葉大出身ですから、普通なら東京をはじめとした関東の都会の病院勤務を希望するのでしょうが、父は自分から東北行きを申し出たそうです。眼科医になってまだ日も浅く、財産もほとんどなかった父です。ほかの医師が赴任したがらない遠方の病院なら手当がつくなど給与が優遇されるため、自ら選んだのだと思われます。

父は岩手県立郡南病院勤務となりました。陸前高田市一帯は昔、気仙郡《けせんぐん》と呼ばれていたため、郡南という名がついたようです。

私たち一家は呉服屋さんの離れの小さな平屋を借りて暮らしていました。山を削って平地にした土地で、裏は切り立った崖になっていました。

家はふたつの和室に台所と土間、縁側に庭という昔ながらの造りでした。家の西側に小さな畑があり、南側に物置小屋、門を出たところに共同の井戸があって、それを囲むようにして近所の家が並んでいました。

この家で怖い思いをしたのは便所です。家の中ではなく戸外で、石段を数段上がったところの別棟になっており、夜など一人ではトイレに行くことができず、いつも母か姉に付き添ってもらったものです。

便所といえば、裏にイチジクの木があったことも思い出されます。その木に実るイチジクを明日は採れるかと毎日楽しみにしていたのですが、しばしば鳥に先を越されました。この木はとても登りやすく、よく登ったのもいい思い出です。

また、塀づたいに屋根に上がることもできました。いたずらをして母に叱られたときは仕返しのため母が困りそうなことを考え、包丁を持って屋根に登って降りてこないこともありました。母もこれにはずいぶん閉口したようです。

継ぐべき医者の実家も財産もなかった父にとっては、本当にゼロからのスタートだったと思います。勤務先の郡南病院は自宅から五百メートルほどのところにあり、父は毎朝、自転車に乗って出かけていました。

昭和一八（一九四三）年には妹・喜久子が生まれています。岩手県南東端に位置し、太平洋に面する陸前高田市は、県下で最も温暖な地域といわれていますが、それでも東北ですから、冬には三〇センチほど雪が積もりました。

当時はどこの家にもエアコンなどありません。わが家もこたつと火鉢で暖を取っていましたが、いまも火鉢を囲む家族の様子が脳裏に浮かびます。わが秋山家が一家五人で寄り添って生きていく、その最初の姿のように思えてなりません。

戦時下だが牧歌的な少年時代を過ごす

私が生まれて八カ月後、日本軍が真珠湾を奇襲攻撃し、アメリカとの戦争が始まりました。幼児期を戦時下で過ごすことになったわけですが、ただ岩手の田舎のせいで、物心ついてからも戦争の影を感じることはなく、のどかで穏やかな日々を過ごしました。

小学校入学に関して、笑い話みたいなエピソードがあります。先に述べたように私は昭和一六（一九四一）年四月七日生まれですが、父が三月三一日として出生届を出したのです。

そうすれば一五年生まれの子たちと同じ学年になります。少しでも早く大きくなるようにという親心なのでしょう。ところが入学前、私があまりにも体が小さすぎて可哀想だということで、結局、本来の年齢通り、一年後に小学一年生となりました。

小学校は曲がりくねった小路を抜け大通りに出て、坂道を上がったところにありました。担任の先生は若い女の先生でした。教室内で覚えていることといえば、先生が何か社会問題を質問し、わかる生徒がだれもいなかったときがありました。

私が手を挙げて答えると、物知りだと褒められましたが、それはたまたま父が話しているのを聞いていて、知ったようなふりをして答えただけのことでした。それでも成績はよく、通信簿はだいたいすべて左端、つまり「大変良い」に丸印がついていました。

いま思い返しても、田舎の子どもらしい本当にのどかな日々を過ごしたものです。


なかでもよく覚えているのは、姉との栗拾いです。自宅裏の崖の並びに大家さんの蔵があり、その先の一段高くなったところに小さな神社がまつられていて、そこに大きな栗の木があったのです。秋になると栗がたくさん実り、風が吹く夜は屋根に栗が落ちるカランカランという音が聞こえます。だからその翌朝には、早く起きて姉と一緒にそっと栗拾いに行くのです。大家さんの裏庭ですから、こっそりと拾うわけです。このちょっとしたスリルのある栗拾いが無性に楽しく、夜、屋根を叩く音が聞こえるとわくわくしたものでした。

友達と一緒に魚捕りをしたことも覚えています。

田んぼのあぜ道下の水路に、竹のざるを仕掛けます。足で水面を追い立てたあと、ざるを上げると、フナやドジョウなどいろんな魚が捕れるのです。大きなフナが捕れると持って帰り、石でできた流しのなかに入れ、泳ぐ様子を見るのが楽しみでした。

一キロほど離れた松原海岸では、よく貝拾いをしました。マサミツというハマグリのような貝を拾い、たき火で焼いて食べると実においしかったものです。

松原海岸は海水浴場でもあり、夏ともなると友達と一緒に泳ぎに行きました。見張り台から飛び込み、友達の頭にぶつかって前歯を折ってしまったことも忘れられない記憶です。そのころはいい歯科の技術もなく、斜めに切れた銀歯で継いだものですから、笑うと特徴的な口元になってしまいました。


話が飛びますが、平成二三（二〇一一）年三月の東北大震災の折、陸前高田市も極めて甚大な被害を受けました。父の赴任地で親戚などはいませんが、幼い時期を過ごしたところです。テレビに映る津波の映像に息をのみました。

小学三年生まで過ごし、そのあと縁は切れたものの、幼なじみの友達のだれかが犠牲になったかもしれず、そう思うと心が痛んだものです。

陸前高田市を再び訪れたのは、震災から二年余り経ったときでした。

私たち家族が一〇年余り暮らした家は跡形もなくなっていました。家の裏の切り立った崖が残っているだけで、周囲はまったく何もなくなっており、津波のすさまじさを実感したものです。

津波といえば、「奇跡の一本松」をご記憶の方も多いのではないでしょうか。この松があったのが、私がよく遊びに行っていた松原海岸です。正式には「高田松原海岸」と呼びますが、文献にはこう記されています。

『日本百景にも選ばれている広田湾に臨む景勝地で、約七万本の松林が約二キロにわたってつづく。この松林は寛文年間、菅野杢之助《かんのもくのすけ》が仙台藩の許可を得て防風林として植えたもので、国の名勝に指定されている。

昭和三五（一九六〇）年、チリ地震の津波による大被害のあと、市街地を守るための防潮堤が松林に沿って築かれたが、なお名勝の名に値する景観を残している。（「郷土資料事典・岩手県」平成一〇〔一九九八〕年二月、人文社刊）』

その防潮堤も乗り越え、松林を根こそぎ倒したのが大震災の津波であり、耐えて一本だけ残ったのが「奇跡の一本松」です。この木は、東北復興への希望のシンボルにもなりましたが、一本松のすぐ近くに、実は父が眼科医として勤務していた郡南病院があったのです。病院の建物自体は残りましたが、病院として使えず、建て替えられました。

一本松を見上げる私の写真が現在、私のオフィスに飾ってあります。見るたびに幼い日々の記憶が蘇ってきます。

空襲そして出征前の父の遺言状

話をもとへ戻しましょう。先ほどお話ししたように、幼年期から少年期にかけ、私は牧歌的な環境で育ちました。生まれてまもなく日本は戦争に突入しましたが、岩手の田舎には大きな影響が及ぶことはありませんでした。

ただ、家の裏の崖下には防空壕が掘られていました。空襲に備えるためですが、幼い私にとってはそこも遊び場でした。なかは暗くひんやりとしていて、雨が降ると水がたまります。雨戸の一枚を浮かせて、筏《いかだ》遊びのようなことをしたものです。

やがて戦争の影が岩手にも押し寄せてきました。終戦間近になって空襲警報が鳴るようになりました。警報が鳴ると、裸電球の傘のまわりに覆いをかぶせ、防空頭巾をかぶって逃げる準備をしたことを覚えています。家の前にあった蔵の白壁が、黒いスプレーで塗られていたのもはっきり記憶しています。

父に召集令状が届いたのは、昭和一九年末か二〇年初めだったと思います。軍医としての召集ですが、外地の日本軍がつぎつぎに玉砕していたころです。大人たちは口にはせずとも、漠然と敗戦を予感していたのではないでしょうか。

応召を前に父は、遺言状を書いていました。帰れないことを覚悟していたのでしょう。幸い、父は無事に帰ってくることができました。戦後になって、その遺言状を読みましたが、母、姉、そして私にあてて書かれています。昭和一八（一九四三）年生まれの妹の名前は書かれていません。日付もなく、いつ父が書いたのか正確にはわかりませんが、「健一へ」と書かれた箇所だけをここに引用します。

『健一へ
心身の健康を獲得せよ。

精神を堅固にし、艱難《かんなん》に堪え、如何なる難局と雖《いえど》も遂に通ぜざりし例《ためし》無きことを確信せよ。
「死中生あり、生中生無し」とは眞也。
苦を厭《いと》ふ勿れ。苦を愛せよ』

もちろん、岩手の病院勤務についても愚痴などまったく口にしませんでしたが、そんな父も内心考え悩んでいたことがあったようです。三人の子どもたちの教育についてです。

田舎では充分な教育を受けることは難しい。教育環境が整っているのは、何といっても東京、一家で東京に移り、子どもたちに高等教育を受けさせてやりたい。そのために東京で眼科診療所を開業したい。

父がいつごろからそう考えるようになったのか定かではありませんが、私が小学校に上がったころからではないかと思います。学校の成績がよかった私を見て、東京でさらに伸ばしてやりたいと考えたのでしょう。

父は東京に住んでいた母の妹の夫に、開業するための場所や建物探しを依頼しました。父の義弟にあたるその人がいろいろ探し、「北区滝野川町にわりとモダンな二階建ての建物があり、貸家になっている」と教えてくれました。

その貸家を借りて開業することが決まり、家族五人が陸前高田市から東京へ移ることになったのは私が小学三年生、一〇歳のときでした。

東京都北区に「秋山眼科医院」を開業する

東京都北区滝野川三丁目の現在地に、「秋山眼科医院」が誕生したのは、昭和二六（一九五一）年四月でした。

いまから六七年前のことです。貸家からのスタートでしたが、やがてその家を買い取り、さらに隣の土地も買って建て直し、現在に至っています。

子どもたちの教育のためとはいえ、体の弱い父にとって、見ず知らずの土地で開業するのは、相当な勇気が必要だったと思います。懸命に頑張る父を家族全員で支え、診療所を盛り立ててきたわけですが、それについてはのちほど詳しくお話しすることとします。

秋山眼科医院の外観

診察室での父・秋山武

七〇年近くも経っているのですから当然のことですが、開業当時と現在では、診療所周辺の光景はすっかり様変わりしました。現在、秋山眼科医院の最寄り駅は都営三田線の「西巣鴨」で、そこから明治通りを王子方面へ歩き、高

滝野川第二小学校編入時の集合写真

速道路下を通ったところにあります。

開業したころは、都営三田線も高速道路もありませんでした。現在の西巣鴨駅前の交差点に都電の停留所があり、そのあたりが賑わっていました。商店街もいくつかあり、私がいまもよく覚えているのが、八幡通り商店街の「米久」という肉屋さんです。このお店に私は、夕食用の豚肉の切り身ひとつを、よく買いに行かされました。切り身ひとつは、父のためです。

戦後からまだ日も浅く、日本全体が貧しかった当時、医者の家といってもぜいたくはできません。病弱な父が少しでも元気になるよう買っていたわけです。

診療所は自宅兼用でした。一階が診療所で、玄関を入ったところに三畳の部屋があり、そこが待合室になっていました。その横に受付、診察室、手術室がありました。

家族の住まいは、一階の奥が台所と居間、二階に寝室がふたつでしたから、広さとしては陸前高田市の家とそう変わらない感じです。

私たち子どもは、近くの滝野川第二小学校へ編入しました。姉が五年生、私が三年生、そして妹が一年生です。

生まれて初めての東京にも、とくに「すごいところへ来た」という印象は持たなかった私ですが、陸前高田に比べ、学校の生徒数が多いことに驚き、転校当初はずいぶん緊張していたのを覚えています。

クラスは五〇人ほどで、私の成績は一、二番でした。「自分は将来医者になるんだ」と思っていました。両親に「医者になれ」と言われたわけではなく、いつしかそう思うようになっていたのです。このあたりが自分でも不思議なところです。

普通、少年時代には、将来は野球選手とか、映画俳優とか夢を思い描くものですが、私はそういうことがまったくありませんでした。先を見越すことのできない少年だったともいえますが、やはり日常的に白衣を着て働く父の姿を見るうち、自分も医師になるという思いが自然に芽生えたのだと思います。

その点、姉は早くから長男の私が父のあと取りになるものと決め、弟を支えるのが自分の役目と意識していたようです。私の学校の友達が訪ねてくると、真っ先に歓待する、そんな姉でした。

ところで、東北や九州などの地方から東京へ転校してきた子どもが、言葉の訛りなどをからかわれ、いじめにあうという話をよく耳にします。岩手県で生まれ、一〇歳まで育った私も東北訛りの言葉を喋っていたはずですが、それによっていじめられたという記憶はまったくありません。

田舎者と思われないように気をつけていたこともありますが、父親が医者で、私自身も成績がよかったことから、いじめを経験せずにすんだのかもしれません。東北からの転校生という劣等感を持つこともなく、順調に進級してきた私ですが、初めて挫折を味わうことがありました。

中学受験です。現在も同じようですが、当時の筑波大学附属中学校は名門として知られ、秀才小学生たちが目指す学校です。私も受験したものの、あえなく不合格。このときは「自分はダメなんだ」と、かなり落ち込んだものです。

しかし、落ち込んでばかりもいられず、都内の区立ではレベルが高いといわれていた文京区の区立第十中学校へ進学することになりました。自宅が北区ですので、文京区に住んでいた父の友人の住所を借りたそうです。つまり越境入学ですが、当時はそういうことがとくに問題なく行われていたようです。

その第十中学校（以下、十中）の隣には、都立小石川高校がありました。戦前のナンバースクールのひとつで、毎年多数の東京大学合格者を輩出する名門高校です。中学受験に失敗した私は、小石川高校を目指すことにしたわけです。

通学は都電でした。西巣鴨の交差点のところにあった停留所から乗り、四つ目か五つ目の駕籠町《かごまち》で降りて、進行方向に少し歩いて左に曲がったところが学校です。道の左側に校舎、右側に運動場の一部がありました。

運動場は土で、鉄棒や砂場がありました。砂場では、よく走り幅跳びをやったものです。父が若いころに五メートルを跳んだという話を聞いていましたので、陸上部に所属していたわけではありませんが、私も挑戦したのです。四メートル二〇センチくらいは跳べるようになったのを覚えています。

十中では、友人もかなりできました。電車通学が一緒だった荒畑君とは親友としてつきあい、私の家にも何度か遊びにきてもらいました。そんなとき、姉がドーナツを作ってくれるなど、歓待してくれたものです。荒畑君にかぎらず、ほかの友人が訪れても、姉は快くおもてなししてくれていました。家のあと取り息子である弟の親友なので、大事にもてなしてくれたのでしょう。

十中には優秀な生徒が多く、小学校で常にトップクラスだった私も、ここではそうはいきませんでした。そこそこの成績でしたが、目標の小石川高校に合格できるかどうかというレベルです。

そこで中学で数学を教えていた菅沼先生に家庭教師をお願いしたところ、成績が上がるばかりでなく、数学が得意になりました。こうしていよいよ、高校受験を迎えたのです。

慶應義塾高等学校での青春時代

高校受験の第一志望は小石川高校、すべり止めで慶應義塾高等学校（以下慶應高校）を受けることにしました。

中学三年生のころ一生懸命に受験勉強に励んだかいがあり、受験したふたつの学校に合格することができました。私はもちろん家族も喜んだものですが、どちらの高校に入るかという問題が持ち上がったのです。第一志望の小石川は都立ですから授業料も安く、大した財産もなかった秋山家にとっては、当然そちらを選ぶはずです。

ところが、父の意見によって慶應高校に決まりました。父は北区医師会のメンバーでしたが、医師会仲間の医師に相談したところ、こう言われたそうです。

「小石川高校に入っても、超難関の東大医学部を目指すとなると現役合格は非常に厳しい。一浪や二浪も覚悟しなければならない。慶應高校の場合、慶應義塾大学医学部に進むには推薦制度になっている。こちらも厳しいようだが、浪人するよりはいいのではないか」

そんな話を聞き、息子に早く医者になってもらいたかった父は、慶應高校を選んだわけです。私自身はどちらでもいいと思っていましたから、父の意見に素直に従いました。

こうして昭和三二（一九五七）年四月、慶應高校に入学しました。

東横線日吉にある慶應高校は、北区から見れば東京を縦断した反対側に位置しています。毎日の通学がとても大変でした。

まず自宅から板橋駅まで歩き、そこから東上線で池袋駅に行き、山手線に乗り換えて渋谷へ。さらに東横線に乗って、ようやく日吉にたどり着くのです。

たっぷり一時間はかかりましたが、所要時間そのものより、電車の混みように苦労したものです。とくに山手線のラッシュ時刻はすさまじく、『どうしてこんなに混むのか、怒りを覚える』と、当時の日記に書いています。

昭和一〇年代半ばは、「生めよ増やせよ」と国をあげて奨励した時代です。当然、この年代の子どもたちは人数が多く、ほかの学校もそうだったでしょうが、男子校の慶應高校もマンモス校でした。一クラス五〇人ほどで、AからRまで一八クラスもあったように記憶しています。

慶應は俗に「お坊ちゃん学校」と呼ばれたりしており、たしかに裕福な家庭の子弟が多い印象でした。なかには、運転手の運転する車に乗って登校した生徒もいたほどです。

きっと、毎朝満員電車に詰め込まれて通う私には、想像できないほどのお金持ちの家だったのでしょう。しかし、そんな生徒をやっかむこともなく、もともと忍耐強い性格の私は、遅刻や欠席もほとんどなく、真面目に通学しました。

先ほど当時の日記に触れましたが、日記を書き始めたのは、中学三年生になってからです。父が昔から日記をつけており、その影響があったのだと思います。

高校二年の七月二日の日記にこんなことを書いています。

『長い間待ち焦がれていた雨が降っている。明日からは水飢饉もなくなるだろう。もうひとつうれしいことが今日あった。全くうれしく楽しく愉快であった。

今日自治委員の選挙があった。いままでは国松がやっていたが、今度は代わりたいと言った。やつは体が弱くまた勉強が忙しいからだ。選挙の結果、僕が後任に選ばれた。僕は化研の仕事が忙しくその上勉強がある。とてもできそうにないと断ったが受け入れられなかった。

そのあと僕は国松と話し合った。国松は一生懸命説明してくれた。そして僕の力になってくれると言ってくれた。このことを僕は非常にうれしく思った。僕は「弁当を持ってきたか」と聞いた。僕と同じで持っていなかった。「じゃ食堂に行こう」と僕は言った。楽し気に国松が行こうと言った。途中でまた話した。その中に強く印象に残っていることがある。やつも医学部コースを行こうとしていることだった。僕も同じである。このことは僕を非常に楽しませた。このときはそんなに強くはなかったが、話が進むにつれ何となくいつもと違って楽しくうれしかった』

このあと、食堂で彼とラーメンを食べたことが記されています。他愛のない内容ですが、当時一七歳、青春の真っ只中であり、高校生活の一端がうかがえます。

ここに出てくる国松君は実に優秀な人でしたが、医学部ではなく工学部に進みました。慶應大学工学部教授を務め、定年で退官しましたが、そのあと、白内障にかかりました。両眼でしたので、私と私の息子が片眼ずつ手術したのですが、国松君からは「ずいぶんよく見えるようになった」と喜んでもらったものでした。

この一七歳のころの日記には、「人間はなぜ生きるのか」という大きなテーマをめぐって考えたことも綴られています。思えばこのころが、私にとって自我のめざめの時期だったのでしょう。

また、著名なエッセイスト犬養道子の『お嬢さん放浪記』を読み、『僕は世界一周旅行の夢を持っているから、これらの本はとても興味深い』とも書いています。

ここで、日記に出てくる「化研」についても、簡単に説明しておきましょう。

これは化学研究会という学内のクラブ活動で、なぜかほかの高校の女子生徒なども交えて活動していました。いろんな化学実験などをやっていましたが、いまも覚えている実験に「セルロースからグルコースが作れないか」というのがあります。

木や草に含まれるセルロースは、分子は炭水化物で構成されています。たとえば牛が草を食べて成長するのは、取り入れたセルロースを腸内細菌が分解してグルコースにし、ブドウ糖にすることで吸収されるためです。

それなら人工的にグルコースを作れば食料問題が解決できるのではと考え、セルロースの塊である脱脂綿を溶かしたりしていろいろ実験をしました。結局、成功しませんでしたが、指導してくれる先生もいないクラブで、そんな実験に夢中になっていたわけです。

これも青春の一コマですが、そういう高校生活を送りながら、三年生に進級しました。

慶應義塾大学医学部推薦を目指す

慶應高校では三年生になると、理系コースと一般コースにクラス替えが行われます。

理系コースは四クラスで、慶應義塾大学の医学部や工学部を目指す生徒、ほかの一四クラスは一般コースで、経済学部、商学部、法学部などを目指す生徒です。医学部志望の私は、理系Bクラスとなりました。

慶應高校３年の時の集合写真、真ん中が担任の渡辺愈先生

昔から現在にいたるまで、医学系では東京大学医学部が公立の頂点であり、慶應義塾大学医学部は私学のトップと目されています。それでも附属高校からの進学なら大して難しくないと思われるかもしれませんが、そうではありません。

推薦制度になっており、医学部へは各クラスから五、六人しか推薦されないのです。それも進学試験や期末試験の成績をもとに総合的に判断されます。数のうえでは、ほかの高校から一般入試を受けて医学部に入る学生のほうが多いのですが、附属高校からの場合、一発勝負の入試ではなく、本当の実力を持っていないと推薦を受けられません。

クラストップの成績ならまず問題なく、五番以内なら安全圏です。私はといえば、五〇人中一〇番前後でしたので、いわば〝グレーゾーン〟です。

このグレーゾーンの生徒たちは、父母がクラス担任に呼び出され、「もっと成績を上げないと推薦されませんよ」とクギをさされたりします。私の父も呼ばれ、同じように忠告されました。担任は渡辺愈先生で、東大出身の物理の教師でした。学問は非常に優秀な先生ですが、近よりがたく難しい先生でした。ただ、父への忠告だけでなく、私に「もう少し頑張れば大丈夫だ」と励ましてくれたものです。先生のアドバイスもあり、家庭教師をつけてもらって頑張りました。

三年生の二月のある日、渡辺先生に呼ばれ、「秋山、大丈夫。推薦されたよ」とおっしゃっていただいたときは、心底ホッとしたものでした。

後日談になりますが、私が眼科医になってから、渡辺先生が白内障にかかり、私が両方の目の手術を行いました。不思議な縁です。

医学部に推薦入学が決まったときは、両親はもちろん、姉も妹もふくめ家族全員が心から喜んでくれました。その祝福を受けながら私自身は、いよいよ医学生、これからだという思いに駆られていました。

第二章　大学激動期に眼科医を目指す

医学生への第一歩

昭和三五（一九六〇）年春、私は慶應義塾大学医学部進学課程に入学しました。同期入学は約一〇〇名で、そのうち二六人が慶應高校からの推薦入学でした。

慶應には「なかから入る」という言葉があります。附属高校から推薦を受けて入学した学生のことですが、なかから入った者は注目され、周囲の期待も大きいものです。それだけに、立派な医者にならなくてはと、私も含めてみな、同じ思いだったことと思います。

どこの大学もそうですが、医学部は六年制になっています。最初の二年間は医学部進学課程、いわば教養課程で、そのあと、医学部の正規の学生として四年間学びます。学部を卒業すると、国家試験、さらにインターンなどを経て、ようやく駆け出しの医師となるのです。

実に長い道のりですが、人の命に関わるのが医師という仕事ですから、それだけの知識と技術を身につける時間が必要なわけです。

慶應義塾大学医学部進学課程の二年間は、日吉キャンパスでした。高校時代を含めて、都合五年間、満員電車で通ったことになります。

ところで、私が入学した年は「六〇年安保」の年でした。東京大学や早稲田大学など、学生運動の盛んな大学の校内には、安保改定に反対する過激な言葉が殴り書きされた数多くの立て看板が並んでいました。また国会前では、全学連の学生たちや労働団体の激しいデモが連日繰り広げられるなど、世の中全体が浮き足立つような騒然とした雰囲気に満ちていました。

慶應大学は学風のせいでしょうか、そういう動きはあまり見られず、とくに日吉キャンパスは高校時代とほとんど変わらない状態でした。私自身も、新聞やテレビで毎日伝えられるそれらのニュースにあまり目を向けませんでした。

政治的な動向に無関心な、いわゆる「ノンポリ学生」だったわけです。政治に無知といわれればその通りですが、自分としては少しでも早く、一人前の医者にならねばという気持ちが一番大きかったように思います。

六〇年安保の嵐は、やがてウソのようにおさまりましたが、医学部を卒業するころ、全国の大学に再び、学生運動の嵐が吹き荒れました。私自身もその余波に巻き込まれることになったのですが、それについてはあとで触れます。

さて、日吉キャンパスでの授業では、医学についての基礎的なことを学びました。医学概論、統計学、公衆衛生学など、どれも医師として身につけるべき基礎知識です。

ほかにドイツ語や物理学もあり、とくにドイツ語には苦労したのを覚えています。ドイツ語は必修科目であり、この単位を取らないことには、学部へ進むことができませんから、必死で頑張ったものです。

なぜ医学生にドイツ語が必修かというと、日本の近代医学はドイツ医学の導入で始まったからです。明治時代からずっと、日本の医師たちはドイツ語の単語を使いながらカルテを書いていたのです。

他方、第二次世界大戦後の世界で、現代医学大国としてめざましい発展を遂げたのがアメリカです。そのため日本の医学界もアメリカへ目を向けるようになり、医学生たちも英語習得に関心を持つようになっていきました。そうした大きな流れのなかに私自身もいたわけです。

日吉時代は、そうした勉強のほかに息抜きの時間もありました。私はもともと釣り好きなのですが、こんなことがありました。学校から東横線に乗って帰宅途中、田園調布の近くの多摩川で釣り人が大勢いて川辺にはたくさんの魚が見えました。通りすぎることができず途中下車して私も降りていきました。川の滝つぼで釣っていたところ、思いがけないほど大きな魚がかかったのです。持って帰り、魚拓にとっていまも保存しています。

「家内労働」で支えた診療所

ここで、わが家の家族と診療所についてお話しておきたいと思います。

前述したように、父は学生時代に結核にかかったため、長期間にわたって抗結核剤を服用していました。結核そのものは治ったのですが肺がやられ、その結果、気管支拡張症となりました。肺機能が半分以下になり、呼吸面積が小さくなるので、風邪などをひくと、呼吸をするのも苦しそうでした。

それでも私の中学生時代くらいまでは父も比較的元気で、毎日、診療にあたっていました。

当時の眼科の患者さんで一番多かったのはトラコーマです。トラホームとも呼ばれたこの病気は伝染性結膜炎で、衛生状態がよくなかった当時、日本人の半分がかかったといわれるほど広まっていました。目が充血し、目やにがたまり、放置すると視力障害を起こしたりします。治療は「洗眼・点眼」といい、消毒水による目洗いや点眼剤治療が中心でした。白内障など手術入院の必要な患者さんは大学病院など大きな病院に紹介していましたから、父もあまり体力的な負担はなかったことと思います。

といっても診療所には、父の助手や受付、会計、レセプト書きなどのさまざまな仕事があります。私たち子どもがまだ学校に通っていたころは、父が診療し、母が受付や会計を担当していました。ほかに若い女性のお手伝いさんがおり、家事や母の手助けをしていたようです。

やがて姉や妹が学校を卒業すると、母は家事に専念し、代わりに彼女たちが父を手伝うようになりました。なかでも率先してやったのが姉・多加子でした。

子どものころから長女としての自覚と責任感の強かった姉は、きょうだいのなかでも常に先頭に立って采配をふるっていました。料理も得意で、前に述べたように、私が友達を家に呼ぶと、骨身を惜しまず接待してくれたものです。

姉はミッション系の女子聖学院中等部に入学し、高等部から武蔵野音楽大学ピアノ科に進みました。ピアノは東京に来てから習うようになったのですが、プロのピアニストになりたいという強い思いはなかったように思います。たとえあったとしても、わが家の状況がそれを許しませんでした。

病弱な父を一番心配し、一番支えたのが姉です。学校を卒業すると、診療所の会計やレセプト書きを担うようになりました。レセプト書きというのは、たくさんの患者さんのカルテを一枚ずつ整理し、保険点数を計算して医師会へ持っていくという診療所内外にわたる仕事です。簡単な薬の調剤も手がけていたようです。

姉は不平ひとつ口にせず、これらをこなしていました。あとでまた触れると思いますが、彼女は自分の縁談も断って一生独身を通し、秋山眼科医院のため献身的に尽くしてくれました。妹の喜久子のほうは、末っ子のせいで父に可愛がられて育ち、甘えん坊でした。子どものころきょうだい喧嘩になると、謝るのはたいてい姉か私のほうだったものです。

姉と同じ女子聖学院に入学、日本大学法学部に進みましたが、卒業後は診療所の仕事を手伝うようになりました。助手の仕事に関しては妹が一番でした。東大分院で勉強し、視能訓練士の資格を取得、助手として視力検査、視野検査、斜視検査などを一人でこなしていました。

つまり、わが秋山眼科医院は「家内労働」で支えられていたわけです。

小さなクリニックでは、ほかにも似たようなケースがあったでしょう。ただわが家の場合、岩手から上京し、見ず知らずの町で開業というギリギリの状態でスタートしたうえ、父が病弱でしたので、全員の結束がより強かったと思います。

そんな状況のなか、私は中学、高校、そして大学医学部へと進んだわけです。「家内労働」の様子が気にならないはずがありませんが、両親も姉も、「おまえは勉強に専念しなさい」と言うばかりです。

少しでも早く一人前の眼科医になり、父のあとを継いでほしい、そんな家族の思いをひしひしと感じていました。それに応えるべく私も医学生としてのスタートを切ったわけですが、学部に進んでから、少しずつ方向がずれていくようになりました。

当時の私ははっきり自覚していませんでしたが、自分のなかで新しい世界が開けてきたのです。それが未知の国アメリカでした。

進級し、医学生になる

日吉での進学課程を終え、東京都新宿区信濃町の慶應義塾大学医学部へ進んだのは、昭和三七（一九六二）年です。

中央線信濃町駅のすぐ近くに、略称慶應病院、正式にいえば慶應義塾大学病院があります。慶應義塾大学に医学部の前身である養成所が開設されたのが大正七（一九一八）年で、二年後に医学部となり、同時に大学病院も開院しました。

平成二九（二〇一七）年に医学部百周年を迎えたわけですが、私は最初の医学部卒業生から数えて第四五回生となります。

私が学部に進んだ当時も、病院は五階建ての堂々たる建物でした。そびえたつ大病院を仰ぎ見ながら、いよいよ医学生としての実践的な勉強が始まるのだ、と体が震えるような気持ちになったのを覚えています。

医学部は慶應病院の裏手にあり、全体が「基礎教室」と呼ばれていました。解剖学教室や病理学教室、衛生学教室などの建物や、図書館、学生ホールなどが並んでいました。

日吉のときは予科でしたので、学部に入って改めて「一年生」と呼ばれるようになったのは新鮮

医学部４年生ごろの私、図書館前の道路で

な心持ちでした。その一年目の授業のメインは解剖学と生理学でした。

解剖学教室は広く大きくて、解剖用のテーブルが一〇台以上並んでいました。それらのテーブルに、「ライヘ」と呼ばれていた死体が置かれ、ひとつのテーブルに四人が二人ずつ向かい合い、解剖実習をします。人体は左右対称ですから、二人で体の半分を解剖し終えると、もう一体運ばれてきて、別の半分を解剖する手順で行います。学生たちのテーブルを先生が回りながら指導するわけです。

初めてメスを握ったときは、やはり緊張したものです。「ライヘ」はホルマリン漬けになっていて固く、メスに力をこめないと解剖できず、苦労しました。また、解剖を終えたあとも自分の体ににおいが染みついているようで、これには本当に閉口したものです。

解剖学の授業でよく覚えているのは、試験のときのことです。頭部の神経を取り出して嶋井先生に、その神経の名称を聞かれたこと、また骨格の骨の名前を望月先生にいろいろ質問されたときのことなど、いまでもありありと思い出せます。

生理学では、加藤元一教授の「単一神経線維」の実験が印象深いものでした。これは加藤教授が学会で発表して注目された実験です。

カエルの大腿筋を神経とともに取り出し、電気刺激を与えます。すると、取りつけられた小さな旗がピクッと持ち上げられます。つまり、「神経が筋肉を働かせる」という機能を証明する実験で、目をみはったものでした。

見るもの聞くものが初めてのことであり、医師として基本になるものばかりでしたから、先生がたの一挙手一投足も見逃すまいと授業に臨んでいました。

英会話も柔道も頑張る

医学部進級とほぼ同時に始めたものがあります。それが英会話の勉強です。

前にも少し述べたように、従来のドイツ語とは別に、医学の世界では英語の重要性が高まっていました。医学関係の国際学術誌も英語で書かれた論文が多く、教授の先生がたも「これからの医者は英語ができなきゃダメだよ」と、よく口にしていました。

英語については、中学から授業で習っており、受験でも重要科目でしたので、かなり一生懸命に勉強していました。それによって文法も身につき、ボキャブラリーも同年代の学生に負けない自信がありましたが、英会話となると、別物です。独自の言い回しなどがあり、これはネイティブの先生に習うのが一番です。

ということで、英会話教室に通うことにしたのです。信濃町の大学近く、道を隔てたところにベル英会話教室があり、そこへ週一、二回ほど空いた時間に通うようになりました。

生徒三、四人に対し一人の先生がつくクラスで、初めは年取った英国人の品のいい先生が担任でしたが、そのあとロクサーン・アルバート先生に替わりました。

彼女はアメリカ人で、非常に聡明なうえ、ユーモアのセンスがありました。授業に取り組む姿勢も熱心で、一度でも訪れた生徒の名前を忘れないほどでした。

あとでも述べますが、私は中学生時代からよくアメリカ映画を観ており、西部劇に登場するアメリカ人女優に胸をときめかせていたものです。映画で観る女優とは違い生身のアメリカ人女性、それも素敵な女性と会話をする。これだけでもわくわくします。

当時のロクサーン先生は三〇歳前後、アメリカで一度結婚し子どももいたものの離婚し、来日していました。私のほうは二一歳、相手は年上ですが、すっかり魅了され、教室に通うのが楽しみでした。

学部に進級してから私は中古のダットサン車に乗っていましたが、彼女も大の車好きで、運転や車の話題になると、お互いに意気投合、トーンが上がったものです。

一方、英会話のほかに部活動もやっていました。柔道です。私は生来小柄で華奢、柔道などにおよそ不似合な体つきでした。そんな私がなぜ柔道をやるようになったかというと、同級生の秋月正史君の誘いによってです。

秋月君は慶應高校三年のときからの同級生です。名簿が「秋山・秋月」と並んでいるうえ、彼も前にお話しした推薦レベルの「グレーゾーン」に入っていましたので、自然に仲良くなりました。彼の父上は鎌倉の中心街で内科を開業しており、よく遊びに行ったものです。

秋月君は頭が切れ、独創的な発想をするタイプで、私にとってよきライバルであり、学部に進んでからは一番の親友となりました。

前述の英会話教室も一緒に通っていたのですが、その彼がある日、こう言いました。

「医者は体力勝負だよ。将来のために若いうちに体を鍛えておこう」

それで柔道部に入ろうというのです。秋月君も私と同じように小柄な体つきですから、なんとも突拍子もない誘いですが、熱意をこめて説く彼の言うままに入部しました。

信濃町キャンパスには柔道の道場がなく、慶應大学三田キャンパスの道場や講道館で練習するようになりました。いつも医学部学生同士で練習し、横浜市立大医学部の柔道部との対抗戦なども行われ、私は一度だけ背負い投げで一本をとったことがありました。そのときは結構長い試合になりましたが、自分が苦しいときは相手も苦しいと信じて思い切った投げが決まったのでした。

それはよかったのですが、時折、体育会の柔道部との共同練習があり、これが気分的に嫌なものでした。彼らは全員が黒帯で、二段、三段といった猛者もいます。まだ白帯の私とは大人と子どものように力の差がありました。

柔道の寝技のうちに絞め技があり、首を絞められて決まると、一時的に失神します。これを柔道用語で「落ちる」といい、落とされた者の背中を膝でどんと突くと意識を取り戻すのですが、その様子を見ていると恐怖心を感じたものです。

ところがある日の共同練習で、私も落とされかけたことがありました。

首を絞められ苦しくなれば、相手の体を叩いて「参った」と合図をします。そうすると相手も絞めるのをやめるのが普通ですが、そのときの相手はやめようとしません。あわや落ちそうになってもがいているとき、別の部員が私の相手に「そいつは医学部だからやめとけ」と言い、落とされずにすみました。

これは安堵感と同時に屈辱感も覚える体験です。自分も何とか強くなりたいと思い、昼休みに大学近くの神宮外苑を走ったり、体を鍛えるためウェイトリフティングなどに励んだりしました。おかげで、講道館での昇段試験で晴れて初段になり、黒帯を締めることができたのです。

医学部の勉強、英会話教室、柔道と、いま思い出しても青年らしい充実した毎日でした。そんな日々のうち、私のなかでつのってきたのがアメリカへのあこがれでした。

遠いあこがれの国、アメリカ

現在は、中学や高校の修学旅行に外国が選ばれる時代です。大学生はもちろん、高校生でもアルバイトで稼ぎ、気軽に海外へ出かけますが、私の学生時代にそんなことは考えるべくもなく、とくにアメリカは遠い国でした。一ドルが三六〇円、厳しい外貨持ち出し制限もあり、「洋行帰り」という言葉がエリートの象徴のように使われていたものです。

先ほども少し言いましたように、そもそも私がアメリカに関心を持つようになったきっかけは、映画を通してのことです。王子駅周辺に何軒かの映画館があり、診療所には広告関係の会社から毎月、招待券が送られてきていました。

中学生の私は父に連れられ、月一回ほど映画を観に行きました。たいていアメリカ映画を中心にした洋画でした。そこに登場するアメリカ人女優の美しさにあこがれたわけですが、そんな経験は私と同年代の方ならどなたもお持ちでしょう。ただ私の場合、単純にアメリカに夢中になってのぼせ上がっていたかというと、そうでもないようです。

やはり中学生のころ、たしか池袋に日曜教室というのがあり、そこへも通っていました。これはアメリカのキリスト教関係の教会か団体が主催していたもので、出席する日本人の子どもにケーキなどがふるまわれ、アメリカの教育映画を観せたりするイベントが行われていました。楽しい教室でしたが、通っているうち、牧師さんから「洗礼を受けませんか」と誘われたのです。キリスト教普及活動の一環だったわけです。そのとき、自分が答えた言葉をいまも覚えています。

「そういう宗教、キリスト教を特別にうやまうのは、ほかのものを見る目のバランスが取れなくなります。僕には合いません」

そう断り、以後、教室へは行かなくなりました。まだ中学生ですから、別に思想的な信念があっての言葉ではなかったでしょうが、それでも父との映画館通いは続き、映画を通してのアメリカへのあこがれはより強くなっていきました。

ここで、父について少しお話しておきたいと思います。

病弱だったにもかかわらず、というより病弱だったからこそかもしれませんが、父は多彩な趣味の持ち主でした。アマチュア五段まで取った囲碁をはじめ、釣り、スポーツ観戦、文学関係の読書、詩や俳句、詩吟、謡曲とさまざまなことに関心を示していたものです。

医師会活動にも熱心で、北区医師会の会員から理事になり、最後には副会長まで務めていました。家族は、始終医師会の集まりに出かける父に「お父さんは体が弱いんだから、無理しないで」と心配したものです。

そんな父が大好きな趣味の一つが映画、ことに洋画だったわけです。父自身も早くから海外へ目を向け、これからの日本の医師は外国の実情を知る必要があると考えていたのでしょう。

また私が医学部に進級すると同時に、英会話教室へ熱心に通っているのも知っていました。そういう父ですから、私が「一度アメリカを自分の目で見てみたい」と言ったとき、理解してくれたのだと思います。

初めてアメリカを訪れる

一度アメリカを自分の目で見てみたい、その願いがかなう機会がやってきたのは、学部二年（昭和三八年）のときです。

慶應大学主催の交換留学として、アメリカの大学でのサマーセミナー参加者が募集されたのです。セミナーで英語の授業を受け、ホームステイでアメリカの家庭を経験、そのあとグループに分かれてアメリカを旅行してくるというプログラムです。

夏休み中の六週間にわたるもので、経費は約五五万円でした。現在の貨幣価値に直せば二、三〇〇万円くらいになるでしょうか。わが家にとっては決して簡単に捻出できる金額ではありません。それでも、先ほど述べたように、アメリカに対する私の思いを知っていた父は、「じゃ、行ってきなさい」と許してくれたのです。

セミナーは全学部の学生を対象にしており、医学部からは私を含め、たしか四人が参加したと記憶しています。セミナー先としてイリノイ大学とミシガン大学のどちらかが選択でき、私はイリノイ大学を選びました。

当時はまだ成田空港はなく、羽田から飛行機に乗り、アメリカ西海岸へ飛びました。

まず、初めて目にする高層ビル群やハイウェイに圧倒されたのを覚えています。日本でも翌年の東京オリンピックに向け、急ピッチで首都高速が整備され、ビル建設が進められていましたが、アメリカとは比べようもありませんでした。

西海岸から大学のあるイリノイ州へ向かったのですが、これがまたすごいものでした。グレイハウンドと呼ばれる長距離バスで六〇時間余りもかけて行くのです。日本ではありえないことです。

そのバスは貸し切りではなく、一般の乗客と一緒でした。延々と続くハイウェイを疾走するバスに乗りながら、アメリカという国のスケールの大きさに、これはすごいところへ来たなあ、と度肝を抜かれたものです。

イリノイ大学は、正式にはイリノイ州立大学と呼ばれ、パブリック・アイビーと称される名門公立大学のひとつです。広大なキャンパスの教室群を囲んでドミトリー（学生寮）が林立しており、そのドミトリーに宿泊しながらセミナーを受講しました。

日本人向けのセミナーですが、授業はすべて英語です。学生は英語力によってAからDの四段階に分けられ、私はAクラスに入っていました。

セミナーのあとは、ホームステイです。私がお世話になったのは、ケントさんという眼科医の家庭でした。奥さんは鉱物学者、一人娘のお嬢さんがいましたが、夏休み中でどこかに出かけており、ほとんど顔を合わす機会がありませんでした。

ケント家は、日本のわが家とは比較にならないほど広々として立派な屋敷でした。同じ眼科医でもこうも違うのかと驚きと羨望を覚えたものです。

またプログラムに用意されていた独立記念日の花火大会や、キャタピラー機械工場見学は圧巻でした。どこへ行っても、アメリカの強大さに圧倒され、よくもまあこんな国と戦争したものだと呆れるばかりでした。

六週間の旅行の間、日本のわが家とは何度もハガキや手紙のやりとりをしていました。「無事に着きました」という連絡に始まり、見るもの聞くもの珍しいことばかりですから、それらを家族に書き送っていました。ほかの学生たちはそんなことはしていなかったようです。こうした非常に密な手紙のやりとりは、秋山家の特徴といえるのかもしれません。

ホームステイのあと、経済学部の学生と一緒にアメリカ中を旅して回りました。帰りにハワイに二泊しましたが、サーフィンの真似事をやって沖まで行ってしまい、怖い思いをしたりしました。またフラダンスが珍しく、ずいぶんビデオに撮ったものです。

帰国後の報告のとき、当時寄生虫学教室に来ていたスターク講師に、何の勉強をしてきたのかわからないという厳しいコメントをいただいてしまいました。

帰国後といえば、大変だったのが追試です。医学部は夏休み中も結構授業があり、いくつかの教科の試験を受けられなかったので追試を受けたわけです。遅れを取り戻そうと猛勉強、自分ではほぼ満点のできと思っていましたが、追試のためか点数は低く、ようやく進級できたという感じでした。

いま思い返すと、この学部二年の夏のアメリカ経験は、私にとって大きかったと思います。私がのちにアメリカに傾倒してしまう理由のひとつが、この旅行にあったのだと言わざるをえません。まだ二二歳で、判断力が未熟だったせいでしょうが、俗にいえば「アメリカにかぶれた」わけです。余裕のない家計から無理して経費を出してくれた家族のみんなと、その「かぶれ」によって葛藤を引き起こすのですが、それはまだ一〇数年後のことです。

セミナー参加者による文集『アメリカの八〇日』

秋山健一

『帰ってきて二カ月たったいま、持ち帰った写真、絵葉書、メモなどを見かえしながらアメリカで暮らした八〇日間を回想し思いつくままに楽しかった思い出や苦しかった思い出を書いてみようと思う。

初めて寄宿舎のラウンジに入ってそのテラスから宿舎を見まわしたときはほっとため息が出たの

を覚えている。あたりは静かだった。正面に見える自転車置場の向こうにはパーキングロットがありそれをつつむように緑の葉をいっぱいにつけた木々がこんもりとした繁みを作っていた。芝生の中庭をはさんで両側に立ち並ぶ四階建の宿舎は重々しくはなかったが、明るく清楚に見えた。一〇数時間のジェット機と六〇時間に及ぶバス旅行で麻痺してしまっていた感覚もこの静けさのなかでしだいによみがえってきてとうとうアメリカに来たのだという実感がこみあげてきた。

一日おいて月曜日から授業は始まったがそれは期待していたほど合理的で能率的なものではなく、特に午前中の英会話の勉強は英文法を八年もやった僕にはむしろ退屈にさえ感じられた。出るのが義務だというから出席はしたものの、とうとう今度も英語が話せるようになって帰ってくることはできなかった。行く前には、恥ずかしがらずに何でもたずね、知らない人にもどんどん話しかけてがむしゃらに英語を話し、帰るときまでにはペラペラになるぞと固く決心して行ったにもかかわらず、向こうに着いてみるとすっかり紳士になってしまい、日本にいたときよりずっと胸をはって堂々と歩き、そう軽はずみには口がきけなくなったのだから不思議である。カフェテリヤで列を作っているときでも一人でいるときは腕組みをし、何もない天井に目を凝らし、きょろきょろしたいのを我慢するほどだったが、皮肉にも沈黙すればするほど外見の差がクローズアップされてきて、ますます天井を見つめて思索をめぐらさざるをえなくなったことは遺憾とするところであった。それでも一週間もしたころからいつとはなく向こうの学生とも話をするようになり、ボーリング場へ行ったり、音楽会にも行ったが、ベートーベンもショパンも名前は知っているが曲の名だとかその特徴的なよさなどとなったら全くお手上げとなり、ボーリングとて向こうで初めてやった僕にはとても相手にならず、そうかといって筋肉の神経支配や腸チフスの診断法などはとても話題になるものでもないし、医学生とは不便なものだなどと責任転嫁をしていたが、それでもトム君という進学課程の学生と黒人の差別問題について一戦をまじえることができたのは幸いだった。しかしこんな具合だったから女子学生とは話し合ったこともなくややもすると期待したくなるようなロマンスなどの生まれる余地はもうとうなかったのである。

向こうの学生は確かに勉強もするしアルバイトもする。「よく学べよく遊べ」も守られているようだ。確かに学校も厳しく宿題も多い。でも生活は楽だ。寮に入っていれば食事は用意してくれるし部屋の掃除もしてくれる。やることはといえば一週間に一度洗濯機とドライヤーに洗濯物を入れるくらいである。学校には立派な図書館があるし寮にはラウンジがある。スポーツがやりたければその施設も十分にある。しかもそれをだれでも好きなときに使えるというのはまったくうらやましい。音楽をやろうと美術をやろうと自由だ。多くの学生は学校が終わればスポーツをやり芸術を求め、あるいはロマンスの花を咲かせている。でも少数の学生は常に着実に勉強している。立派な設備を使って能率的にしかも長時間ゆうゆうとやっている。日本の苦学している学生はかわいそうかもしれない。満員電車に揺られて毎日二時間も損失し、家の手伝いも部屋の掃除も自分でしなければならない。でもまちがいのない事実はある意味で彼等と我々は常に競争しているということである。フェアーではないなどといっても通用しない。結局は実力のある者が主導権を握ることになる。十分なる知識を持った者だけが機械を操作できるのである。

過ぎてみると六週間は短かかった。そろそろ友達ともいろいろなことが話し合えるようになったところでお別れと相なった。もうこの人たちとは永久に会えないだろうと思うと何だか奇妙な心持になった。

僕はすぐにシカゴへ出た。シカゴではミシガン湖に添って走る片側五車線のハイウェイもすばらしかったがミュージアムがよかった。特にナチュラルヒストリー博物館がなかでも最高だった。ドーム形の屋根の真下にあった七五〇〇万年前の恐竜の骨格は、肉食の恐竜が草食の恐竜をたおしたところが掘り出されたそのままの形でかざってあり、七五〇〇万年という隔りがこんな近くで見られるとは想像もしなかったことで無言でしばし考えさせられた。その地下にあったエジプト王朝時代のコレクションは圧巻だった。二〇数体のミイラがレントゲン写真つきでずらりと並べてあり、一緒にあった埋葬物が所狭しと置いてある。またある隅にはピラミッドの石を積みかさねて棺の安置室を再現したり、そこに達するまでのいくつかの迷路があったり、壁面を飾ったりでどれを見ても神秘的でいやでも考古学への興味が引き立てられてしまった。

シカゴからはデトロイト、バッファローを経てニューヨークへ行った。八月五日のメモにはこんなことが書いてある。シカゴからの道は一本一本が行先によって分かれているので道をまちがえたらUターンなどとてもできない。でもとても道はまちがえないだろう。それほど標示は大きい。車のスピードは非常に速い。グレイハウンドも六五~七五マイル位で走っている。ハイウェイでは一方向に二車線があって普通右側だけを走り左側は追越し用だけにしておくことは名案だ。その道路の両端の土の道路は将来の発展を約束している。ほぼ二〇マイル毎に休憩所があってそのサインがよく出ている。自動車交通の発展は日本とはまるで違うがこの国ではそれが第一の交通機関なのだから当然かもしれない。東京ではもっと国電と地下鉄が発達すべきだと思う。僕の乗っているグレイハウンドバスに小さな女の子とそのお父さんらしい人が乗っていた。あとでわかったのだが彼らはポーランド人だった。小さい子に話しかけたが返事をしてくれないはずだ。ドライバーが話が通じないので困っていたときに車内にポーランド語を話す人がいたのにはおどろいた。さすがはアメリカだと思った。アヒルが三匹、車の前方を横切り始めた。のん気にゆっくり横切った。すると五〇マイル位で走っていたグレイハウンドバスが停まった。なんともいい話である。バックミラーのなかで、あのかわいい女の子が笑っている。

ニューヨークには四日間いた。四日間ほとんど朝から晩まで歩きに歩いた。五番街を上ったりブロードウェイを下りたり、あるときはイタリヤ人街に迷い込み、またあるときはビクビクしながらウエストサイドを歩いた。いろいろなものがごちゃごちゃと入り混じったメルティングポットのなかには金や銀も多かったがどろや石も見つかった。最高級の芸術作品が集まったミュージアム、摩天楼はそのまま最高級の建築物の展示場だ。最高級品ばかりを並べた商店街、医学の最先端の設備を持った病院、しかし一方いろいろな組織のメカニズムの中に取り込まれた人間がまるで機械の一部品のようにガチャガチャガチャガチャ動きまわっている。人間と人間の接触はまるで物と物とが触れ合うように無味乾燥である。四日目ごろには恐れをなして時間に余裕のないのをいいことにさっさとぬけ出した。

ワシントンに寄ったあと再びシカゴを訪れイエローストーンを見るべく北大陸横断道路をリビングストンまで戻った。ここはイエローストーンへの北の入口であったがとても小さな町でどっちを向いても山がすぐ近くまでせまっていた。時間があったのでそのうちのひとつに登ってみた。風の強く天気のいい日で遠くロッキー山脈の峰々が手前にあるいくつもの山の間から望まれた。頂上付近にはゴロゴロする岩の間にサボテンが生えていて場所によっては踏みつけないように登るのに苦労したほどだった。記念にとそのとき取ったトゲの一本がいまも僕の机のなかにある。

イエローストーン国立公園を見物するのに二七ドルもかかった。朝の七時から夜の九時まで一日中乗用車で案内してもらったのだから無理もない話かもしれないが金のない僕達にはその決断に一日かかった。しかし結局はここまで来て見ないわけにも行かずそうかと言って政府直轄のバスは三日間五四ドルという高さでなおだめだったのであとは何とかやりくりするとして案内してもらうことにした。朝七時に言われたようにバスデポーで待っていると、若くはないが美しい女性が現れて「あなたがたはイエローストーンを今日見るか」と聞くから「そうだ」と言うと「私がドライバーです」と自分を紹介した。いかにもインテリジェンスの高そうな人で、料金が高かったのも忘れて喜んで案内してもらった。

イエローストーンは広い自然公園である。もうもうと蒸気を吹き出す間欠泉、生えそろった針葉樹の森林と透明な緑色の泉、それにそこに遊ぶ野生の動物たちがここのハイライトである。その地域の広いことそしてほとんど人間の手が加えられていないことがイエローストーンの自然公園としての価値を高めている。一周すると三〇〇マイルに達するそうだ。道端にすわって愛きょうをふりまき食物をねだる熊も決して少数ではない。僕たちも一〇数頭に出合った。もしも日本にこんなところがあったとしても、まず温泉観光地になってしまっただろうと心配した。

イエローストーンを見たあとソールトレイク、デンバー、コロラドスプリングスとまわりグランドキャニオンを見てロスアンジェルスへと向った。アルバカーキーでルート六六に合流するあたりから、メキシコ人らしい髪の黒い背の低い、日本人のような、でももっと目つきの鋭い人々が、バスのなかに多くなってきた。彼らはきまって身なりがみすぼらしい。何故貧しいのだろう？　アリゾナ州やニューメキシコ州が貧しいのだろうか、彼らもモンゴリヤンの一族で遠い昔に血を分けた僕たちの仲間なんだと思うと、何となく見すごせないような抵抗を感じた。

ロスアンジェルスには八月三〇日に着いた。ここまで来たときには随分日本に近づいたように感じた。もういつでも日本に帰れると思った。ここではディズニーランドがあまりにすばらしかったものだからほかのものの影がうすくなってしまった。それほどディズニーランドはすばらしかった。都合で三一日午後四時ごろから入ったがバスの乗り過ごしも入れてＹＭＣＡに戻ったのは確か午前二時をまわっていたと思う。

次の日の午後一時一五分ユナイテッドエアラインでサンフランシスコに向かった。五五分しか乗らなかったがその間に一度ランチのサービスがあった。でも僕と深沢君にはなかった。僕たちが断ったからだ。お金を取られたら困ると思ってつい遠慮してしまったのだった。断ったときのスチュワーデスの顔つきをいまでも思い出せる。よっぽど変わった人たちだと思ったのだろう。そのとき注文した一杯のコークはかえって胃液の分泌を促したらしかった。

サンフランシスコは美しい町だった。特に僕たちの着いた日は風の強い日で空には一ぺんの雲もなく、傾きかけた午後の陽が丘の上に立っている真白な家々に当たりくっきりと影をつけ、青空に映える眺めはいかにもファンタスティックだった。いまは『I left my heart in San Francisco』という歌の気持ちがよくわかる気がする。

九月四日　この日は朝から、海の方から吹き込んでくる霧が一面に家々をうずめ、高いところだけが霧から飛び出しているという、もうひとつの美しいサンフランシスコ市が部屋の窓からのぞかれた。肌寒い日で、道行く人々はほとんどオーバーをはおっていた。この日の午後六時、実は飛行機が遅れて七時半にホノルルに向かった。なかなか日の沈まない長い長い夕暮れだった。

ハワイはやはり南国の島だけある。太陽と海がまるで違う。湿りっけをたっぷり含んだ熱風が吹いていたが日陰にすわって海の方を見ていると少しも暑くない。まわりの景色がすばらしいからだろうか？　僕に日蔭を作ってくれているパームの木には黄色のパパイヤがいくつもなっている。青い空に青い海そして遠くには白い雲があった。この高台からながめると前方二七〇度ぐらいに海が広がっている。そして後ろは一面の緑だ。サングラスをかけない僕の目はきっと細かったに違いない。

そして九月八日無事羽田に帰ってきた。飛行機の車輪が羽田の滑走路に触れた瞬間のあのドスンという衝撃はとびきり心地よいものだった。』

医学部を卒業したものの、学生運動の嵐に巻き込まれる

医学部三年、四年は臨床の授業が中心でした。大きな階段教室で行われる講義には、しばしば患者さんが連れてこられ、実際に先生がたが診察したりしながら学生に教えるのです。

多くの診療科目にわたる授業ですが、学生の出席率はあまりよくなかったように記憶しています。

私はといえば、階段教室の前のほうの席で、秋月君と並んで、いつも熱心に授業を受けていました。しかし、私たち以上にもっと熱心な学生がいたのです。安達原君という同期生で、彼は日吉の進学課程時代から成績トップ、秀才の誉れ高く、階段教室でも常に最前列に陣取っていました。

後日談になりますが、超がつくほど真面目な学生だった安達原君は内科医となりました。将来を嘱望《しょくぼう》されていたのですが、残念なことに早く亡くなってしまいました。

さて、こうして医学部の四年間が過ぎ、昭和四一（一九六六）年三月に晴れて卒業となりました。あとは国家試験、インターンと進むはずなのですが、私の年代は思いもかけぬ事態に巻き込まれたのです。

学生運動の嵐です。日吉の進学課程に入ったときは六〇年安保で、社会全体が揺れる政治運動でしたが、今度の運動は私たち医学生に直接関わるものでした。

通常なら医学部卒業生は、国家試験に合格したあと、インターン生となり、無給で大学病院内の各科を回って実地トレーニングを積むのが慣例になっていました。長く続いてきたこの慣例に異を唱えたのが東大医学部の先鋭的な学生たちでした。

反権力をかかげ、国家試験やインターンのボイコットを声高に訴えたのです。その勢いは全共闘運動とつながり、燎原《りょうげん》の火のようにほかの大学にも波及していきました。

それまで学生運動があまり盛り上がらなかった慶應大学にも火がつき、国家試験ボイコット、無給でのインターン制度ボイコットという事態になってしまいました。

私自身は相変わらずノンポリで学生運動には参加しませんでしたが、医学部を卒業したものの無職で何もできない宙ぶらりんの状態になったわけです。学部三年生のころから、父の指導を受けながら診療所の手伝いをしていましたので、無職になって本格的に診療所を手伝うようになりました。

一方、空いた時間は英会話と英語の試験勉強に費やしました。その試験とはＥＣＦＭＧ（Educational Council for Foreign Medical Graduates）です。これはアメリカ政府が外国人医学生を対象に行っていた試験で、アメリカにおける研修制度の登竜門です。

年一回、日本でも開催され、合格すればアメリカで臨床研修できることになっており、私の同期でも七割ほどの学生たちが受験したと思われます。

結果は、秋月君が一番、二番が私で、続いて安達原君でした。それまで常に安達原君に試験で負けていたのですが、初めて勝ったわけです。とても嬉しかったのを覚えています。

医局入りをめぐっての騒動

ＥＣＦＭＧ試験は合格したものの、身分は相変わらず医学部卒業の無職のままです。通常、学部を卒業すると、自分の希望する診療科目の医局に入り研修医となるわけですが、それも学生運動の余波で宙に浮いた状況でした。

診療科目の選択について、親友の秋月君は内科医の父上の関係で内科に決めていました。私のほうも、いつか父のあとを継ぐために眼科に進むことは、家族と暗黙裡《あんもくり》に交わしていた約束です。しかし、まったく迷いがなかったかといえば、ウソになるかもしれません。

華やかな外科に対し、心が動いたこともあります。当時ちょうど、アメリカの医療テレビドラマ『ベン・ケーシー』が日本でも放映され、大ヒット中でした。長袖の白衣ならぬ半袖の青衣を着た若き脳外科医ベン・ケーシーが活躍する連続ドラマに私も惹かれたものです。テレビを観ながら、脳外科もいいかな、そんなことも思いましたが、いざ現実に戻ると、眼科以外の選択肢はありえませんでした。

たまたまかもしれませんが、私の同期生には眼科医の息子が五人もいました。彼らも当然眼科志望で、ほかに三人の志望者を加えた八人が眼科医局（眼科学教室）に入る予定でしたが、ここで厄介なことが起こったのです。

八人のうちには、学生運動に積極的な学生たちと、消極的な学生たちがいました。ノンポリの私は後者です。

医局の偉い先生たちは、その積極派・消極派を分断し、積極派を排除して消極派だけを入局させようとしたのです。しかし、私たち八人は学生運動の関わりかたは別として、互いに仲がよく、一緒に勉強会をやったりしていました。

そこで、全員が団結したのです。入局を勧められた私たち消極派が、「全員一緒でなければ自分たちも入らない」と主張しました。これには先生たちも困ったようで、結局折れることになったのです。

それまで先生の言葉にはすべて従う、真面目でおとなしかった私にとって、これが唯一の反抗だったといえるでしょう。私たちまで巻き込まれた学生運動は、やがて「東大安田講堂占拠事件」やパリの「五月革命」などにつながっていきました。のちに「世界的な若者の反乱の時代」と呼ばれた一九六〇年代後半の雰囲気に。私も無意識にせよ少しは染まっていたのかもしれません。

こうして昭和四二（一九六七）年一〇月、八人全員がそろって眼科学研究室に入りました。本来なら前年春の入局ですから、一年半遅れたわけです。

ピラミッド型医局で〝ランプ持ち〟

山崎豊子氏の著書『白い巨塔』は、大学病院を舞台に書かれたもので、ベストセラーになりました。映画化され、こちらも大ヒットしましたので、年配の方にはご記憶の方も多いと思います。映画はやや誇張されていますが、基本的に大学病院医局の内実を伝えていたといえそうです。

どこの大学病院も同じでしょうが、医局は教授・助教授・講師・助手・研修生という典型的な縦型、いわゆるピラミッド型構造の組織です。これが昔から続いてきた制度であり、学生運動の嵐のあとも、ほとんど変化はなかったようです。

私のときの慶應大学眼科学教室の教授は桑原安治先生、助教授が坂上道夫先生、そして講師が秋谷忍先生という布陣でした。

桑原教授は大変威厳のある先生で、実に堂々としておられ、近寄りがたいところがありました。当時、超音波白内障手術法の開発に取り組んでおり、もう少しというところまで進んでいたようです。坂上先生は水晶体の生化学を専門に研究していました。

医局は教授が頂点にいて、すべて教授を中心に回っていました。学生運動の影響など感じさせない昔ながらのスタイルです。

たとえば臨床では、どんな手術も教授が術者や手術法を決めます。病院内の教授回診は、俗に「大名行列」と呼ばれ、教授を先頭に助教授、講師と続き、私たち研修生は彼らの一番あとを黙ってついていくだけです。主治医がプレゼンテーションをして経過を報告、それを教授が重々しく聞き、指示を与える。まさに『白い巨塔』の光景そのものでした。

また研究についても、大変力を入れていました。臨床が終わったあと、夜遅くまで研究室に残って仕事をするという毎日でした。

教授の一言ですべてが決まる臨床面では、ディスカッションという感じは全くなく、研修生が口をはさむ余地などありません。では、私たち研修生が何をやっていたかというと、「ハンマーランプ持ち」です。

当時の手術室には、いい照明器具もいい顕微鏡もなかった時代です。手術には強力な明かりが不可欠で、横からライトを当てる必要がありました。この役目を研修生が担っていたのです。金づちのような形をしていたランプで、私たちはハンマーランプと呼んでいましたが、手術の間ずっと、そのランプを持って突っ立っていたものです。

ほかにも研修生にはネーベンとしてのカルテ整理や器具の片づけなどの雑務がたくさんあり、それらに追われながら日々が過ぎていきました。

三年間在籍した医局で、最後に白内障の手術を一例やることができました。そのころは「白内障の手術ができれば、眼科医として一人前」と言われていたのです。それだけ難しい手術だったわけですが、それについては、このあとすぐにお話しします。

こうして医局での日々を送るうち、私の中で芽生えてきたのが「アメリカへ留学して勉強したい」という思いでした。その思いは日増しに強くなっていきました。

反骨眼科医・進藤晋一先生と出会う

「歯医者・眼医者が医者ならば、蝶々・トンボも鳥のうち」

私の若いころ、医者仲間の間でそんな言葉が半ば公然と交わされていました。歯科医や眼科医がマイナーと見られていたのです。医療関連者だけでなく、一般社会でも同じような見方がされていました。また「眼科は三日もやれば開業できる」ということすら言われていたのです。

若い眼科研修医として、これは耐えがたい言葉です。自分がこれからの一生を賭けて進もうとしている眼科医が低く見られていることへの不満もつのります。ただ、目洗い治療が象徴するように、当時の眼科開業医のレベルが高いとはいえないのも事実でした。

一方、アメリカでの評価は全く逆なようでした。医学部卒業生のトップレベルが眼科を目指すという話も耳に入ってきていました。眼科医の地位は医療の世界でも一般社会でも高く、収入も日本とは比べものにならないくらい多いのです。

実際、学部二年のときサマーセミナーに参加し、ホームステイさせていただいた眼科医ケントさんのお宅も、実に広々として立派で、ハイレベルな生活をされていました。

この日本とアメリカのギャップはなんだろう、そんなアメリカで腕を磨きたい、自分がどれだけやれるのかを試してみたい。その思いに駆られ、留学するための手づるを探していました。

幸いなことに、慶應の医局同期生・小口君のお父さんが眼科医で、米軍キャンプ座間のドクターと交流を持つ眼科医と知り合いだというので、紹介してもらいました。

それが進藤晋一先生です。先生は眼科医であると同時に文学者・漢学者として知られた方でした。「進藤虚籟」というペンネームで漢詩に関する著作などもあり、大東文化大学中国文学科講師を長く務めておられました。

これだけでも型破りな先生ですが、眼科医としても極めて出色の存在でした。東京医科大学卒業生ですが、教授とそりが合わず辞めたという経歴の持ち主で、反骨の一匹狼というか、常識にとらわれない傑物でした。

大正一五（一九二六）年生まれの進藤先生は、私が初めてご自宅にお伺いしたころは、すでに開業しておられましたが、これが飛びぬけた治療を行っていたのです。

前項で、当時の白内障の手術は難しかったと述べました。白内障は眼球内の水晶体が加齢などによって濁る病気で、当時は「イントラ」という手術法が行われていました。これは水晶体を被膜ごと取り出すもので、硝子体を傷つけて合併症を起こすと失明する危険性もあり、術後は目を動かさないよう固定しながら一週間ほどの入院を要していました。

当然、手術は入院設備のある病院で行われていましたが、進藤先生は自宅の診療室で施術していたのです。診療所内の部屋に患者さんを一晩泊めていたのか、それとも日帰りであったのかははっきり覚えていませんが、昭和四〇年代前半当時、診療所で白内障の手術をしていたところはほかにはなかったのではないかと思われます。

現在、白内障手術は私の診療所もそうですが、日帰り手術が珍しくありません。それだけ手術法が飛躍的に進歩したわけです。日本で最初に日帰り手術を行ったのがだれなのかはわかりませんが、進藤先生がパイオニアの一人であったことは間違いないでしょう。

なぜ、そんな先進的なことを先生がやっておられたのか、秘密は米軍ドクターとの交流にあったようです。当時の米軍には座間や横須賀に大きな病院があり、日本に駐留する軍人の診療にあたっていたのですが、進藤先生は彼らと親しくつきあい、診療所で一緒に治療したりしていました。

キャンプ座間に勤める眼科医はアメリカ本国でレジデント（研修医）を終えたばかりですが、日本の研修医とは比較にならないほど臨床力の差がありました。彼らとの交流から新しい治療法を得た進藤先生は、自分の診療所にマイクロスコープを設置するなどして、先進的な治療を行っていたわけです。

進藤先生は、アメリカに比べ日本の臨床がいかに遅れているかを力説しておられましたから、私が「アメリカに留学したい」と打ち明けると、即座に賛成してくれました。

そして、親交のあるアメリカ人眼科医を紹介してくださったのです。その方は、キャンプ座間からアメリカへ帰り、開業しながら南カロライナ州の州立医科大学の講師を務めておられたストークス先生でした。

こうして、私の念願のアメリカ留学は、現実のものへとなっていったのです。

第三章　大きく成長させてくれたアメリカ留学

日本人留学生が一人もいないチャールストンへ

私がアメリカ留学へ旅立ったのは、昭和四五（一九七〇）年のことでした。留学先は南カロライナ州立医科大学で、アメリカの大学は七月に始まりますから、六月に日本を発ちました。

この七年前、サマーセミナーに参加するため初めて訪米、今度は二度目ですが、遊び半分の前回とは全く違った思いをかかえていました。

前章で記したように、進藤先生と出会い、その縁で紹介されたストークス先生に推薦していただき、留学が決まりました。三年間という約束で、父をはじめ家族全員が「頑張ってきなさい」と快く送り出してくれたのですが、家族にとって私の留学はかなり大きな負担になっていたはずです。

まず渡航費やアメリカでの当面の生活費など、金銭面の問題がありました。これには大宮に所有していた土地を売って、その一部を私のために用立ててくれました。それだけでなく、私は毎週土曜日に診療所の外来を担当していましたので、私が抜けている間、外からの医師を頼む必要があります。

これらの経済的事情に加え、父の体の問題もありました。父は昭和四〇（一九六五）年に血痰と高血圧のため神田同和病院に入院、その三年後には慶應病院に入院しています。

病弱な父ですから、いつまたどうなるかわかりません。そのために一日も早く私が眼科医としての実力をつけ、日本に帰国してくれるのを願いながら、家族は送り出してくれたのです。

羽田空港では家族をはじめ、慶應大学医局の仲間など三〇人ほどが見送ってくれました。家族の祈るような願いや、医局仲間たちの期待を両肩に旅立ったわけです。

南カロライナ州立医科大学は、チャールストンという街にあります。ここは州都コロンビアにつぐ規模の街ですが、当時、日本からの留学生はほとんどいませんでした。

アメリカへ留学する日本人学生の多くは、ハーバード大学など世界的に名の知れた有名大学があるボストンやニューヨークを目指していました。そういう大学のほうが、日本に帰国後、昇進などに有利だからでしょう。つまり「ハクづけ」です。

留学先の南カロライナ州立医科大学

私にはハクなど必要がありません。進藤先生に教えられていたアメリカの充実した臨床研修を受けることで、「眼科医としての本当の実力をつけること」、それだけが望みだったのです。

そのため、周囲にだれも頼れる日本人のいない場所は願ってもないことであり、チャールストンはぴったりの街でした。いわば孤立した状態のなか、自分がどれだけやれるかを試してみたいという思いもありました。

そんな気負いを胸にチャールストン空港に降り立ったのですが、いきなり心細い思いにさせられました。というのも、羽田からアトランタへ飛び、そこから国内線に乗り換えチャールストン空港に着いたのは、定刻より三時間も遅れた夜中の一二時半でした。

自分の英語力にはかなり自信がありましたが、生まれて初めての街に夜中に到着したわけですから、不安になります。その不安を消し飛ばしてくれたのがストークス先生夫妻でした。飛行機が三時間も遅れたにも関わらず、私を待ってくれていたのです。そのご好意に全く頭が下がりました。

ストークス先生は、チャールストンから車で一時間余りのフローレンスという街で大々的に開業していましたが、そこへ車で連れて行ってくださり、何から何まで面倒を見てくれました。

そもそも、私の留学が実現したのも、ストークス先生の推薦があったからですが、それだけでなく、以後三年間のアメリカ滞在中も先生には何かとお世話になったのです。

インターン生としてスタート

南カロライナ州にはいくつかの大学がありますが、医学部があるのはチャールストンの州立大学だけで、私はそこの大学病院にインターン生として入りました。

前述したように、私は慶應大学医学部眼科医局に研修医として三年間在籍していました。一年間のインターンを経てレジデント（研修医）になるというシステムは、日本もアメリカも同じです。それがなぜ、アメリカで改めてインターンからスタートしたのか、不思議に思われるかもしれません。

結論を先に言えば、アメリカの大学病院でレジデントになるのはそう簡単なことではないのです。ことに眼科は厳しく、一年に三人しか採用しません。

日本では、医学部卒業生なら希望すればだれでも眼科医局に入れますが、アメリカの眼科は、三人の公募に五〇倍もの申請があるのです。なぜ三人しか採らないかというと、それ以上に数を増やすと、研修医に対する指導がおろそかになり、研修医の積む臨床経験も希薄になるという考え方からです。

ここに、日本とアメリカにおける卒後教育、臨床教育の根本的な違いがあります。その日米の相違については最終章で詳しく述べるとして、簡単に説明しておきましょう。

日本の医局での私の経験はすでに述べましたが、手術室でのランプ持ちが象徴するように助手ばかりで、ほかにも器具洗いや整理の雑務に追われ、三年間の最後に白内障手術を一例やらせてもらう程度でした。これでは研修を終えても、すぐに開業どころではありません。

インターンの時の集合写真　後列左端がストークス先生、
前列右から２人目がバロトン教授、私は後列の中央

一方アメリカでは、レジデンシー・プログラムに則った理論と臨床を徹底的に教え込まれます。それも眼科全般にわたる系統立った理論を学び、加えて、ありとあらゆる眼病の患者さんを治療する実地トレーニングを積み重ねます。こうした三年間を終え、すぐに開業する医師も多く、しかもほかの診療科医師より高収入を得ます。それだけの実力がつくわけです。

さて私の場合、渡米した時点ですでに一年目のレジデント三名は決定していました。そのためインターンとなったのですが、眼科インターンは私一人で、これはストークス先生のおかげによる、大学としては例外的な措置でした。

ストークス先生は開業医のかたわら、州立医大の講師を務めておられました。日本での講師とは違って、「ビジティング・プロフェッサー」という格づけで、眼科教授に推薦できる立場にありました。その先生が私を推薦するにあたっておっしゃったのはこうです。

「秋山は日本ですでに三年間の臨床経験を持つ、有能な眼科医である」

何とも面映ゆいですが、父の診療所で治療にあたっていたのは事実です。進藤先生が実践していた先進的な治療法も見ていましたが、いささか誇張された言葉です。

ところが、これを真に受けた眼科教室のバロトン教授は、「レジデントに対する光学の講義を秋山にやらせよう」とストークス先生に持ちかけたのです。

新入りの日本人インターンが、先輩のアメリカ人レジデントたちを前に講義する！　光栄な話ではありましたが、自信がなく断らざるをえませんでした。そんなエピソードを交えながら、インターンとしての日々がスタートしたのです。

快適な寮生活をしながら早速の手術を手がける

チャールストンの医科大学敷地内に学生寮があり、その寮暮らしから始まりました。立派な寮で、一〇畳ほどの広々とした部屋に一人住まい。日本ではめったにない温度自動調節の冷暖房完備で実に快適でした。

部屋からの眺めもアメリカらしくゆったりしたものです。看護師たちの寮も近くにあり、プールで伸び伸びと遊ぶ若い看護師たちの魅力的な姿に見とれたものです。

ここで、チャールストンとはどんな街なのか、簡単に説明しておきます。

一七世紀後半、イギリスからピューリタンたちが新天地アメリカ大陸へやってきましたが、最初に住み着いた土地のひとつがチャールストンです。古い歴史を表す昔風の建築様式の屋敷が残り、また「Holy City＝聖なる市」とも呼ばれるように有名な教会もあり、観光地としても人気のある街です。

大西洋に面しており、夏は日本と同じように暑いですが、梅雨期がなく、私が到着した六月下旬も夏盛りという感じでした。その夏も朝夕は涼しく、冬は温暖、東京より暮らしやすい気候といえます。

チャールストンの街並み

いま述べたような環境や暮らしぶり、病院での研修について、私は逐一、日本の家族あてに手紙で報告していました。たいていは薄いエアログラム（航空書簡）にびっしり書くのですが、三年間、ほとんど毎週のように書いていました。

父あての手紙は、もちろん家族全員が回し読みしていたのでしょう。父からの返事に母や姉の書いたものが同封されたりしていました。それによって父の体の具合をはじめとして家族一人一人の様子や診療所のことなどを知ることができました。

手紙だけではなく、日本からはお茶や海苔、せんべい、ラーメン、菓子などさまざまな食品が送られてきました。日本人がほとんどいない街ですから、日本食堂はもちろん、スーパーマーケットにも日本の食材はありません。だからなのか、自分で食べるだけでなく、病院の仲間たちにご馳走すると、大いに喜ばれました。

海外留学中の息子と、日本の家族との手紙のやりとり自体は別に珍しくはないでしょう。現在のようにスマホのメールもなければ、互いに顔を見ながら会話できるチャットなどない時代です。料金が高いため国際電話はたまにしか使えず、手紙がやりとりの中心でしたが、ほとんど毎週というのは、私の時代にもあまりなかったと思います。

それらの手紙はいまも保存しており、この本を執筆するにあたって、改めて読み返しました。三年間ですから膨大な分量になりますが、一通一通読みながら、家族全員が私を気遣い、大事に思っていてくれたこと、そして私も同じように家族を大切に思っていたということを、しみじみと感じさせられました。

これから研修内容や暮らしなどについて述べていきますが、すでに五〇年近くも前のことですので、記憶があいまいになっている部分もあります。そこで、私が家族あてに送った手紙の中から順次抜粋して引用することにします。手紙は現在進行形ですから、当時の事情がより伝わると思います。

また家族のほかにも、慶應の医局仲間からもたくさんの手紙をもらいました。それによって医局の現状や、仲間の動向などを知ることができ、激励の言葉とともに文献なども送ってもらい、大いに助けられました。

さらに進藤先生からの便りもずいぶん届きました。反骨の先生ならではの痛烈な日本の医学界への批判の言葉が綴られ、それについては折にふれて引用したいと思います。

さて、到着して一週間あまりの七月一日からインターンとしての病院活動が始まりましたが、二日後には早くも手術を手がけており、父あての手紙にこう書いています。

『手紙届きました。家の方はうまくやっているようで安心しました。僕の方もうまくやっています。今日は七月三日、祭日です。二日ほど病院に出て、きのうの晩は夜中に特診があり、チーフレジデントと二年目レジデントと僕とで手術をしました。

チーフレジデントは僕がもうトレーニングが終わったというので敬意を表してくれ、何かと意見を求められます。教育が違うし、勉強の仕方や臨床も少し違うので答えに困るものもあります』

確か穿孔性眼外傷で虹彩の整復と縫合だったと思いますがやり方について同意を求められました。この文面からもおわかりのように、インターンといっても私の場合、レジデントと同じ仕事をしていたわけです。

ちなみに、日本のインターン生は無給で、それが学生運動のきっかけになったことは前述した通りですが、アメリカのインターンは給料がもらえます。私のときは月額四五〇ドルで、そこから寮費や大学食堂での食費を払います。おかげで、渡米してからは日本からの仕送りの必要もなく、すべて自活でまかなうことができました。

猛勉強のかたわら次々と難問が持ち上がる

インターンになって二日後に初手術と先に述べましたが、これは実質的に助手でした。このあとも手術の助手やカルテ書きをやり、翌月からは、通常のインターンにはない当直も担当するようになりました。

眼科教室には一年目から三年目までのレジデントが三人ずつ計九人いましたが、とにかくみんなよく専門書を読み、勉強していることに感心させられたものです。そこで私も、たくさんの本を買い込み、読むようにしました。英文専門書ですから、アメリカ人のようにははかどりませんが、時間を惜しみながら取り組みました。

そんな猛勉強をしつつも、実は目の前にいくつかの難問が持ち上がったのです。

アメリカのレジデントは、毎年五月、研修成果を問うための試験を受けることになっています。これは全国一斉に行われますが、翌年（七一年）の申し込みがすでに開始されていました。インターンになって間もない私は、その試験を受験できるどうかの見通しも立っていませんでした。そこでストークス先生に相談したところ、こうアドバイスされました。

「レジデントになるのは難しいよ。いまの病院で一年インターンをやり、そのあとでフェローシップで腕を磨く方法もある」

フェローシップというのは、たとえば角膜とか網膜とかの専門医のことです。「とにかくほかの病院にもできるだけ応募したほうがいい」ということで、先生が用事のあったフィラデルフィアやピッツバーグへ一緒に連れて行ってくれることになったのです。

こうして先生の車で三日間の小旅行をしました。病院を見学し、各地のドクターに紹介してもらい、とても楽しく有意義な旅でしたが、レジデントもフェローも確かな感触は得られないままでした。私としては、せっかく入った南カロライナ州立医科大学のレジデントになれればベストです。とにかくインターンとしてできる限りの努力をしようと思いつつ、チャールストンへ帰ってきました。

これが八月下旬で、一週間後には学生寮からの引っ越しです。一カ月足らず前、急に通告されたのですが、寮は現役学生優先なので出ていかねばならなくなりました。

アパートを借り、寮で仲良くなったインド人のレジデント、インターン準備中のエジプト人と三人での共同生活を始めました。寝室は別々で、キッチンは共用で使います。それはいいのですが、大学まで歩くには遠く、車を買う必要がありました。ローンで中古車を手に入れたものの、免許証取得や保険加入などで奔走する日々が続きました。

三つ目の問題は、姉と妹の結婚についてです。日本からの手紙で、私がアメリカにいるため彼女たちが診療所の仕事に縛られ、良い縁談があっても踏み切れないでいることを知らされました。

それについては私も気になっており、自分が帰国したあとは大いに盛り立てていくから、診療所を一時閉鎖してはと、返事を書きました。病弱な体で頑張っていた父にすれば、のんきな手紙だと思ったかもしれません。

本格的に手術を手がける

そんな日々のうちにアメリカでの最初の年末年始を迎えました。といっても日本のときのように冬休みも正月休みもありません。真剣に取り組む私の姿勢が評価されたのか、年が明けてから、手術を手がけることになりました。一月に初めての白内障手術をし、結果がよかったためでしょうか、つぎつぎに手術を任されるようになりました。

二月四日付の手紙から抜粋します。

『相変わらず元気でやっています。昨日一月二七日付けの父さんの手紙がつきました。みんな元気の様子で何よりです。

僕も七カ月になり、だんだんゲストの地位を脱して本格的にやり出しています。今日は眼窩内容除去術をOperatour（執刀者）としてやらせてもらいました。瞼の扁平上皮がんの再発例で、強膜に浸潤しているのをやり上げましたが、チーフレジデントからOperation（手術）の考え方がいいと言って褒められました。

チーフレジデントはとても僕を高く買ってくれまして、僕が白内障をたくさんできるようにと、自分で見つけた症例も僕に回してくれたりしています。

今度二例のCataract（白内障）の入院申し込みをしました。カンファレンスで勉強をしいられますし、また手術では汗を流すほどに全神経を注ぎ、ここのところ忙しい毎日ですが、ここのトレーニングはすばらしいの一言に尽きます。

はっきり言って、日本での医局での修業はシステマティックなトレーニングではないです。あれは本当に先輩がやるのを見て覚えるという、非効率的で時間のかかる方法で前近代的な感じがします』

ずいぶん気負った内容ですが、このころには、それだけアメリカでの研修に手応えを感じてきていたのだと思います。

手紙の文中にもあるように、アメリカでの研修は実にシステマティックに行われます。アメリカの眼科はもともと、ヨーロッパから導入され、さらにアメリカ独自に発展させ、世界をリードするようになったのですが、トレーニングを受けるなかで、それを自ら実感でき始めたわけです。

バロトン教授が「すばらしい成績！」と大喜び

アメリカのインターン生は、二カ月間の救急外来勤務が義務づけられていました。実質的にレジデントと同じ仕事をしていた私も、この義務は守らなければなりません。

そこでインターン一年が終わる前の二カ月間、救急外来用の「エマージェンシー・ルーム」に詰めるようになりました。ここは医療保険のある人もない人も、またどんな疾患でも扱っていたため、大わらわの忙しさでした。

そんなある日、バロトン教授が救急外来の部屋へ急ぎ足でやってきました。

「ケン、君のレジデント試験は七五％、すばらしい成績だよ！」

そう言って大喜びするのです。実はこの少し前、教授のはからいによって私はレジデント一年目の試験を受けていました。それがうまくいけば、一年目のレジデントになれる可能性がありましたが、日本の家族と約束した期限の三年留学にはあと二年しかありません。

ストークス先生からは、来年もチャールストンで研修させてもらいながら、手術はストークス先生のクリニックで経験を積んだらどうかというありがたいアドバイスをいただいており、私もその気になっていました。

ところが、事態は思いがけない方向に進んだのです。レジデント二年目に上がる予定の研修医のうちの一人が、何かの病気で脱落し、そのポジションを公募していました。例によって倍率は五〇倍に達していたのですが、その二年目レジデントに私が選ばれたのです。

インターンにも関わらず、レジデント試験が好成績だったことから、インターンの一年間もレジデント一年と見なし、二年目に編入する。まったく異例のことで、教授の好意に感謝しながら、頑張って勉強したかいがあったと胸をなでおろしました。

こうして晴れてレジデント九人の仲間入りができました。どのレジデントも優秀な人ばかりでしたが、なかでも気が合ったのが二年同期のボブ・ハースさんです。

ボブは私がインターンのころから、奥さんと子どもを連れてアパートへ遊びにきたりしていました。私がラーメンを使って我流の手料理をふるまうと、とても気に入ってくれ、料理法を教えろとせがまれたものです。

余談ですが、アメリカ人医師は手先の器用な人が比較的少ないのです。私が患者さんの瞼をくるっと反転させるのを見て、みんな驚いていました。父がやっているのを見て覚えたので、私には簡単なことです。アメリカ人は目がくぼんでいる人が多く、反転がやりにくいのは事実ですが、下を向かせれば難なくできます。仲間たちは私を真似ながらやるのですが、なかなかうまくいきませんでした。

そんななか、ボブは手先が器用で手術も上手でした。人柄もよく、チャールストンの彼の自宅に招かれたりしました。後日談になりますが、私が帰国後も毎年クリスマスカードをやりとりし、一度、ご夫妻で日本を訪れてくれました。さらに後日談ですが、私が六五歳のとき、ボブにアメリカの学会に誘われて一人旅をし、三〇年ぶりに再会を果たしました。

後日談ついでにつけ加えますと、当時助教授だったウイリアム・H・コールズという人がいました。ユニークな視点を持つ医者だなと感心していましたが、このコールズがのちに小説家になったのです。それも、「アメリカのコナン・ドイル」と呼ばれるほどのベストセラー作家になりました。

大学で眼科教授をやりながら作家活動をしていることを知り、つい最近、私も彼の代表作という『外科医の妻』を読んでみました。アメリカ版『白い巨塔』ふうの医療ミステリーで、とても面白い作品でした。

話が横道にそれましたが、こんな仲間たちとの交流の日々が始まりました。

全米眼科研修コースそして終生の友との出会い

先ほどアメリカのシステマティックな教育ということを述べましたが、それをさらに実感したのが、メイン州での「ランキャスター・研修コース」です。

このプログラムはすべての研修医に義務づけられており、私もレジデントになってすぐの昭和四六（一九七一）年夏に参加しました。チャールトンから一〇〇〇キロも離れたメイン州ウォータービルで行われ、愛用の中古車を運転しながら三日がかりでたどり着きました。

研修コースには全米から約一五〇人の眼科レジデントが参加していました。大部分は家族持ちで、街中のレンタルハウスを借り、私をふくめ単身参加の二〇人ほどが地元のカレッジ寮滞在です。中国系や韓国系のアメリカ人もいましたが、日本人は私だけでした。

いま思い返しても、この「ランキャスター・研修コース」は本当にすばらしい内容でした。眼科の基礎のことから始まり、高度なことまですべてレクチャーを受けるのです。

たとえば炎症ひとつをとっても、「炎症総論」から「炎症各論」にわたり、目の炎症だけでなく、体の炎症すべてを教えてくれます。つまり、基本がしっかりしていれば、それまで診たことのない初めての症例に出合ったときでも、ある程度の対応ができるようになるという考え方です。

三カ月間にわたり、朝から晩まで講義があり、それについて私は家族あての手紙にこう書き送っています。

『相変わらず元気でやっています。毎日毎日講義と宿題宿題で日の経つのが早く感じられます。週日はほとんど遊ぶ暇もありません。

毎日毎日講義の内容が変わるので明日よく勉強しようなどと計画を立てても、明日はまた別のことをしなければならなくなってどんどん遅れてしまいます。この辺がなかなか難しい点で、集中力と理解力がほんとに要求されます』

半分泣き言じみていますが、このハードな日々のうち、私は得難い友に出会いました。それがマイク・キャンベルです。

マイクは一九三四年生まれで、私より七歳上ですが、すでに娘さん三人、息子さん二人の家族持ちでした。ミシシッピー州で家庭医としてスタートしたのですが、家族によい暮らしをさせたいと眼科医に転向したのです。

はじめマイクは研修コースに単身で参加しており、私と同じ寮の隣室に滞在していました。

講義が終わったあと、私の部屋での緑茶接待に誘ったことから、つきあいが始まりました。お互いのことなど話し合ううち、「この人はただものじゃないな」と感じたものです。言葉ではうまく言えませんが、たとえば進藤先生と出会ったときも、同じ印象でした。

それからはよくお互いの部屋を行き来し、お喋りをしたり、講義でよく理解できなかった箇所を、彼が説明してくれたりしました。私の車で街中へ出かけ、一緒に食事することもありました。

そのうち、マイクの奥さんが娘さん三人を連れてメイン州へやってきました。アメリカでは家族が何週間も別々に暮らすことは不自然とされており、ことに彼は家族思いの人でしたから、寮から出て一家で家を借りました。その家へもよく行きましたが、夫人は私がアメリカで出会った女性で一番というくらい美しい人でした。

七歳、一〇歳、一二歳の女の子たちがまた、とても可愛く、羨ましい限りでした。子どもたちと一緒に泳ぎ、釣りをしたりして遊びました。寮で卓球もやり、東洋人の私に興味があったのか、三人が競うように私とゲームをしたがり、幸せな気分にさせてもらったものでした。

マイクとは研修コースのあとも親しくつきあい、何度かアメリカの大きな眼科学会に一緒に出席し、彼の自宅へ寄ったりしました。

さらに私の帰国後も家族ぐるみの交流が続き、お互いに何度か訪問し合ったのですが、最も印象深かったことがあります。あるとき、マイクが私に一本の鍵を差し出し、

「僕の別荘の鍵だけど、君が好きなときに自由に使ってくれていいよ」

そう言ったのです。国を超えた友情、人間としての信頼を心から感じた瞬間でした。

レジデントの五つの仕事

実り多かったメイン州での研修を終え、チャールストンに戻りレジデントとしての本格的な仕事が始まりました。

ここで、レジデントの仕事についてまとめておきます。大きく分けて五つあります。

一番目は勉強会です。朝のモーニング・カンファレンス、夕方のカンファレンスが行われ、自分たちで勉強したものを話したり、訪問してきた先輩ドクターのレクチャーもあります。

二番目は入院患者さんの回診。これは日本とも大差なく、病棟から届いたカルテをもとに診察し、所見を書いて戻します。

三番目は外来診療です。道を隔てたところに一般外来があり、そこで診察するのですが、患者さんはいわゆる生活保護を受けている人たちです。さらに、刑務所や精神病院の診療所や病院へ赴き、

診察したりします。これらの患者さんの費用は国が払う、つまり生活保護の患者さんです。自前で支払う人は保険に入っていますから、プライベート患者として開業医のところへ行きます。この辺が日本と大きく違う点ですが、いろんな患者さんをたくさん診ることで経験が深まります。

四番目は、レジデントにとって臨床研修の要ともいうべき手術です。レジデントになってしばらくは、ひたすらチーフの助手をやり、手術記事を書きます。その記事にチーフが目を通して直し、サインしてくれます。

自分が手術をやるようになると、基本は本で勉強して手術に臨みました。綿密な術前カンファレンスがあり、先輩がついていてくれるので安心して手術を行えます。

手術症例は実に多岐にわたっていました。かなり多いのが外傷で、なかでもケンカによる目の負傷が数多くありました。角膜から内容が飛び出している症例もいくつも経験しました。ひどいのでは「アルカリ・バーン」があり、これは苛性《かせい》ソーダを目にかけられる例です。失明の危険が大きいのですが、これも経験しました。外傷の場合、普段触れないような組織を扱いますので、本当に勉強になったものです。

ほかには目の周りのガンも多く、眼瞼《がんけん》の再建手術も大きなものを手がけました。眼窩内容摘出手術もやりましたが、摘出したあと、皮膚移植をして孔をあけ、ワセリンボールでパックします。何日も包交しないでおいて、開けたときの臨場感はいまも鮮やかな記憶として残っています。角膜移植もやり、角膜が入るという報告があると、空港までタクシーを飛ばしたものでした。

さらに白内障、緑内障、網膜剥離などは数多く担当しました。なかでも白内障手術は、三年間で八九例も執刀しました。

仕事の五番目は当直です。ビーパーという呼び出し機を持って待機し、呼ばれたところへ行って診察し、看護師に指示を与えます。この当直が多いときは月に五、六回もありました。

これらすべて自分の経験として蓄積されます。日本にいたのでは得ることのできない貴重な経験ばかりでした。

レジデントになった翌年夏、私はチーフレジデントに昇格しました。当時の手紙を引用します。

『こっちは相変わらず元気です。チーフレジデントも一カ月経ちました。なかなか責任の重い大変な役目です。チーフレジデントは本当にレジデントの頂点で、ほとんどの決断はチーフレジデントの思う通りになります。ここのバロトン教授はあまり細かいところに口を出さないのでかえって責任が重く、術後の感染などがあると冷や汗をかきます』

文中にもあるように、チーフレジデントは術者の割り当てや後輩レジデントの指導など、多くの任務があります。割り当てには公平を期したつもりでも、不満が出る場合があります。そんなときサポートしてくれたのが、同期の友人ボブ・ハースさんでした。

ちなみに、先ほど引用した手紙に「給料が九〇一ドル、手取り七〇〇ドルになりました」と記しています。インターンとして初めてもらったときから倍増したわけです。

進藤先生の手紙と日本の医学誌連載そして再会

前にも言ったように、日本からは家族をはじめ、親戚、医局関係者など数多くの人たちから手紙をいただきましたが、一番異色だったのが進藤先生のものです。抜粋して引用させていただきます。

『銀座、池袋、新宿、渋谷などはニューヨークを真似て歩行者天国を実施しています。夏休みのせいか学生がウヨウヨしてまことに汚らしく、終戦直後の無秩序な世相によく似ています。自動車の通らぬところは群衆、通るところは騒音。行儀の悪い奴ばかりで困りものです。ぶち殺してやりたいような奴らが多くなりました。

アンモナイトを座右において、遠い昔のことや、人類の波長などを考えていると、学閥やいっぱしの学者面をしてふんぞり返っている連中など塵芥のごとく思えてくるから面白いです。（昭和四五〔一九七〇〕年九月三日）』

進藤先生と私　「和漢つれづれ草」より

この手紙には先生自作の漢詩も添えられ、まさに面目躍如です。
もちろん、私への励ましの手紙もあり、インターンとして右往左往していたころ、こんな便りが届きました。
『現在までの四カ月という短い期間すら、日本のドクターにとっては垂涎物というぐらいに羨ましい時間であり、経験であると思います。とにかく行くところまで行っているのですから、それからあとのことは「なるようになる」ぐらいのことでいいではないですか。一匹狼でいる以上、労多くし益少なしという結果があったとしても、それに悔を残すことはつまりません（一〇月三日）』
手紙による励ましだけでなく進藤先生は、私が経験しているアメリカの医療状況を文章に綴ることも勧めてくれ、それを日本の医学誌に連載する労まで取っていただきました。

そのおかげで、日本の医学誌『眼科』に昭和四六（一九七一）年二月号から、私が執筆した『海外だより』が随時連載されることになったのです。それを知らせていただいた手紙に、こうあります。

『貴兄のたよりを読んでいると、日本でくすぶっているのが馬鹿らしくなります。一生はそんなに長くないのだから、自由に我儘な一生を送るべきですね（一九七一年二月五日）』

この手紙をいただいた年末、進藤先生が大学生のお嬢さん、先輩開業医の方とともに、チャールストンへ来られ、再会を果たしました。先生はストークス先生をはじめ、キャンプ座間時代の仲間と旧交をあたためたため、終始楽しそうでした。一週間の滞在の間、ワシントンへ一緒に旅行し、私にとっても楽しく幸せな時間を送ることができました。

最後にもう一通だけ、引用させていただきます。日付は不明ですが、文面から推測すると、私がチーフレジデントになってからのもののようです。

『貴兄の活躍ぶりは大したもので、小生も極めてうれしく思っています。日本へ帰ってきて、ものすごいスランプに陥ったら困ると思いますよ。とにかくギャップが大き過ぎますからね。（このあと、知り合いの人の名前をあげ）、あの程度で教授で通用するのですから、日本は甘いものです。大学に残って何かやっていれば皆教授ですね。そんなことではだめ。やはり才能がある君がやらねばだめです。それから手術の下手な奴もだめですね』

このように先生には激励されたり、ハッパをかけられたりしました。進藤先生は日本の眼科医療を痛烈に批判する一方で、アジア・アフリカ眼科会議の準備委員を務めるなど、スケールの大きな方です。どの手紙にもその進藤先生ならではの生き方や医療への志が込められており、手紙が届くたび、姿勢を正して読んだものです。

日本では得られない臨床研修の数々

チーフレジデントになってから半年、昭和四八（一九七三）年の新年を迎えました。アメリカ留学最後の年です。チーフの仕事にも慣れ、後輩レジデントたちへの指示や指導もスムーズにできるようになっていました。

帰国まで半年となったところで、留学によって得た成果を自分で総括してみました。これまで述べてきたように、ありとあらゆる病気を診断し、手術をする機会を与えてもらいました。眼科で多い病気である白内障・緑内障・網膜剥離の例でいうと、私は三年間のうちに白内障手術を八九例、緑内障手術二〇例、網膜剥離手術三二例を執刀しています。日本の医局での研修とは天と地の差、比較にならないほどの経験を積むことができたわけで、達成感と同時に、アメリカへ来てよかったなぁと、つくづくそう思ったものでした。

臨床研修以外にも、大切な勉強の機会を与えられました。前に述べた「ランキャスター・研修コース」もそうですが、最終年の三月初旬、ワシントンで開催された「眼病理講習会」も実に貴重なものでした。

病気の原理である病理は、日本では軽視されがちです。日本の場合、病理解剖がアメリカに比べると、非常に少ないのです。たとえば、死因が心不全とされていたものが、解剖して調べると、実は脳に原因があったと判明することはしばしばあります。

眼科でいえば、たとえば眼球のなかに腫れ物ができた場合、それが結核性のものか、梅毒性のものか、あるいはほかの原因によるものなのか、診断を確定するには眼球を摘出して調べる必要があります。そういう病理をきちんとやることで、最終的な診断の確定ができ、病気についての理解が進みそれにもとづく正確な治療法も定まってくるわけです。

ワシントンのＡＦＩＰ（Armed Forces Institute of Pathology）眼科研究所は、眼病理学の世界的権威であるジンマーマン博士が中心になっており、膨大な数の材料や標本が蓄積されています。それらを眼科医たちに公開し、解説する講習会が年一回開かれています。

ジンマーマン博士の病理学の著書は私も二度ほど読みましたので、ぜひ講習会に参加したいと考えていたところ、親友のマイク・キャンベルから手紙が届き、彼も同じことを考えていることがわかりました。

そこで私は南カロライナのチャールストンから、マイクはミシシッピーのグレナダからそれぞれワシントンへ向かい、同じホテルに一週間滞在しながら講習を受けました。

講習は朝の八時から夜の一〇時半までというハードスケジュールでした。つぎつぎにスライドを見せながら講師が解説してくれるのですが、どれも貴重な教材でした。本を読むのとは違い、非常に勉強になり、そのあとずっと役立ったものです。

マイクも「いい講習会だね」と感じ入った表情で言い、毎晩、二人で感想を話し合ったりしました。五日間の講習会が終わった最後の夜は、彼が開業準備を進めていた眼科診療所の話や、お互いの家族のことなどを、時間が経つのも忘れて語り合いました。

心を許し、信頼できる友との語らいは実に楽しく、ふと気がつくと、すでに夜明け近くになっていました。お互いに苦笑しながら別れ、それぞれ帰途につきました。チャールストンに戻った私は、さすがに疲れ果て、一二時間以上も眠ってしまいました。

「アメリカで開業」という夢のきざし

先ほど進藤先生からの手紙を引用しましたが、その最後の手紙に、日本に帰国後、「ものすごいスランプに陥ったら困るよ」とあります。先生がおっしゃることとは違った意味で、私はまさに苦境に陥るのですが、それの伏線になるようなことが、アメリカ滞在の終わりのころにありました。

マイクと一緒に参加したワシントンの講習会の一カ月ほど前のことですが、私に思いもよらない話がもたらされたのです。

二月二日付の家族あての手紙に、足の具合を悪くした母への見舞いや、妹の結婚話について意見を述べたあと、こう書いています。

『今日はバージニアの眼科開業医から電話があり、彼の眼科診療を引き継がないかという申し出がありました。

彼の話では都合で引っ越すことになり、忙しい診療所を引き継ぐ人を捜しているが、バロトン先生によると、僕がこの六月で卒業し、非常に優秀なレジデントだと聞いて電話したのだとのことで、僕はびっくりしましたが、六月末に東京に帰ることを言って、丁重にお断りしましたが、ふと考えてみて、もし僕にその意志さえあれば、アメリカで開業ができるのかなぁと、夢見る思いでした。

僕にはその考えは毛頭なく心配御無用ですが、ただ僕もこっちでそこまでこっちの社会の一員になりえたことに、なんとなく喜びを感じた次第です』

アメリカで開業する……この言葉を家族に告げたのは、もちろん初めてのことです。家族が私の帰国を首を長くして待っていることは、十分にわかっていますから、手紙にも『心配御無用』と書いたわけです。

ただ、そのあとに『なんとなく喜びを感じた』と続けているところに、夢ではあるが、かなわない夢ではないというような高揚感が感じ取れます。

実際、チーフレジデントになってまもなく、バロトン教授に、アメリカのボード試験について相談したことがあります。これはアメリカの専門医試験で、このことも家族あてに書き送っています。やはり本気でアメリカでの開業を考えていたわけではなく、自分の実力がどれだけついたのか試してみたい、そんな気持ちだったと思います。

ただ、開業に対する夢の兆しのようなものが芽生えていたとはいえるかもしれません。それを後押しするような女性とのつきあいが始まったのも、帰国を数カ月後に控えたこの時期でした。

州立大学病院勤務のテクニッシャン（検査技師）を務めていたモリーは、いわば私の同僚の女性です。非常に仕事熱心で、私の回診にも同行を申し出てくる向上心の強い女性でした。チーフレジデントとしての評価を得ていた私に好意を持っていてくれることも感じていました。

私が初めて惹かれたアメリカ人女性が、大学医学部時代の英会話教室のロクサーン先生だったことはすでに述べました。彼女は子どものいる離婚経験者でしたが、モリーも同じ境遇でした。私に対してとても優しく、すてきな人だとは思っていましたが、お互い職場の同僚としての仲にとどまっていました。

急速に近づいたのは、「お別れ会」の準備の折でした。留学を終えるにあたって、これまでお世話になった方々にお礼のパーティを開くことを考えた私は、その予行演習を手伝ってもらうため、モリーを自宅に招きました。当時は、何回かアパートを引っ越し、独り住まいでした。

いろいろ話し合ううち、お互いの気持ちがわかり、仲良くなりました。それからというもの、一緒に釣りに行ったり、ドライブしたりしました。大きな外車の助手席にアメリカ人女性を乗せてドライブするというのは、二〇代の初めのころからの夢。その夢がかなったわけです。また、お互いに釣りが好きで、鯛など大きい魚を釣り上げて喜び合うたび、幸福感を感じたものです。

モリーは「もう何があっても、あなたについていきます」とまで言ってくれました。うれしい言葉ですが、正直なところ、子どももいる彼女に日本まで来てもらうことは考えていませんでした。

一方、同じころにバロトン教授から、「君がこっちに残るなら、何かポジションを捜すよ」ということも言われていたのです。もし自分がアメリカに残ることになれば、彼女と結婚することになるかもしれないと思っていました。

また、ある後輩のレジデントに「二、三年開業して一〇万ドルくらい貯めてから、帰国したらどうですか。あなたならできますよ」ということも言われていました。

三年前、日本を発つときには思いもよらなかったことです。医療先進国のアメリカで腕を磨き、実家の診療所を引き継いで大いに盛り立てよう、その思いだけでした。

しかし、三年間の努力が実り、研修医として予想以上の高い評価を受けました。一〇年前、初めてアメリカを訪れたときは、日本に比べて何かもかもスケールの大きなこの国に圧倒され、同時にあこがれました。そのアメリカで、医師として自分の能力を存分に発揮することができるかもしれない。心の奥で、そんな揺れ動くものを感じていました。

盛大なお別れパーティそして帰国の途へ

いよいよ帰国の日が近づいてきた六月九日、私はお別れパーティを催しました。

当日、私は朝から天ぷらとすき焼きの準備に大奮闘です。モリーも手伝ってくれましたが、チャールストン在住で、アメリカ人男性と結婚していた日本人の奥さんが料理の監督をしてくれましたので大いに助かりました。

バロトン教授を始め、病院眼科のスタッフとその家族が続々とやってきました。総勢四〇人余りになったでしょうか、予想していた以上に盛大なパーティになりました。

三年間の充実した研修に心からの感謝を述べようと、私は短いスピーチをしました。出席した皆さんから拍手をいただき、本当にいい仲間たちだなと改めて感じたものでした。

このお別れパーティで、ちょっと面白いことがありました。アメリカのディナーパーティは当然、ナイフとフォークを用意しますが、私は割り箸だけを出しておいたのです。

出席者たちがどんな反応をするのか試したわけです。結果は、フォークを求めた人はだれ一人いませんでした。おまけに、一〇〇膳ほど用意した箸がすべてなくなってしまったのです。みんな慣れない箸と格闘しながら日本料理をつまんでいましたが、残った箸を持ち帰って家で練習をすると言うのです。

これは日本人の私にとってうれしいことでした。些細なことでしょうが、東洋人の私を受け入れてくれた証しに思えたのです。

お別れパーティも無事に終え、あとは帰国のための準備です。荷物の整理や箱詰め、船便で日本へ送る手配など、あわただしい日々を送りました。

そんななかでもモリーとは会っていましたが、この先二人の関係がどうなるのか、まったく予想もつきません。日本の家族への手紙にも、彼女については何も書いていませんでした。

帰国時、いまも覚えているのは、空港での出国手続きの際、黒人女性の係官が私のパスポートを返しながら言った言葉です。

「どうせまたアメリカへ戻ってくるんでしょう」

何気なく口にしたのでしょうが、その言葉が私の心のどこかに引っかかり残りました。

羽田空港には、見送りのとき同様に、家族や医局の友人たちが出迎えてくれました。そのなかに植村先生がいらっしゃいました。私の帰国の少し前、植村先生は慶應大学医学部眼科教授に就任したばかりでした。

先生や医局仲間たちに笑顔と拍手で迎えられた私は、自分に寄せられる期待を改めて感じたものでした。

第四章　帰国後の葛藤の日々

臨床医の理想的な姿を追求したい

日本からアメリカやヨーロッパへ留学する人は沢山います。留学を終えて帰国した人たちは日本の大学に戻り、診療の傍ら研究を続け、海外で得た研究成果をもとに、日本の大学での昇進を目指します。

昭和四八（一九七三）年六月、日本へ帰国するにあたって私の考えていたことは、全く違っていました。一言でいえば、こうなります。

――臨床医としての道を貫き、臨床医の理想的な姿を追求したい――

もちろん私も、研究の重要性は十分に承知しています。研究と臨床は医学の両輪であり、双方がシステマティックに連携機能してこそ、医学の発展があるといえます。ヨーロッパの実情はよく知りませんが、ことアメリカの眼科医療に関しては、そのシステマティックな機能がみごとに具現化されていました。

しかし、当時の日本はそうではありませんでした。欧米へ留学する眼科医のほとんどが臨床に関係した基礎研究のため、研究室にこもって勉強するばかりで、実際に患者さんを診療する機会はめったにないのです。日本の大学へ戻ったあとも、論文を書くことに多くのエネルギーを使い、その数によって昇進していきます。

そういうシステムが長く続いてきたため、臨床研修はどちらかというと二の次になっていました。それで十分な臨床研修を受けられなかった眼科開業医は「目洗いの町医者」として一段低く見られていました。

それとまるで正反対なのがアメリカです。レジデントとして研修を積んだ優秀な人ほど、こぞって眼科を開業し、しかも成功をおさめています。それだけ実力がつくわけです。三年間にわたってレジデント生活を送った私は、そういう例を目近にしてきましたから、自分も開業医として存分に腕をふるいたい、その思いを抱きながら帰国したわけです。

具体的な臨床の場として父の診療所がありましたが、三年ぶりに見るそこは、あまりにも小さく貧弱に映りました。それまで南カロライナ州立大学病院の整った医療環境のなか、有能なスタッフたちと診療にあたっていたのですから、わが「秋山眼科医院」が貧弱に見えたのも当然でしょう。ここでは自分がアメリカで培った臨床医としての知識や技術を発揮できない、発展のしようもないと感じたものです。

前章の終わりにも少し触れましたが、アメリカ留学の終わりごろ、バロトン教授から言われていた言葉がありました。

「大学病院に君のポジションを用意するから、いったん日本へ帰国してから、またこっちへ戻ってきなさい」

帰国後も、教授は手紙を書いて私を誘ってくれました。アメリカには、私を本当に愛してくれている女性がいました。前章で述べたモリーです。教授の言葉に従ってアメリカに戻れば、彼女と一緒になり、さらに臨床医としての研鑽ができる。いずれはアメリカで開業する夢もかなうかもしれない……。

一方、日本では父をはじめ家族の全員が、私が留学を終えて帰ってくる日を首を長くして待っていました。病弱な父に代わってあとを継ぎ、秋山眼科を盛り立ててくれる、それだけを願って待っていたわけです。

家族のそんな願いと、アメリカに戻れば、かなうかもしれない自分の夢。そのはざまでジレンマを感じていたというのが、帰国した私の正直な本音でした。

母校への恩返し

そういうジレンマをかかえながら、帰国して二カ月後、私は慶應大学医学部眼科学教室（医局）助手になりました。

アメリカで身につけたレジデントの勉強の仕方を、後輩たちに少しでも伝える。それが医学部で六年間、さらに医局の研修医として三年間学ばさせていただいた母校への恩返しと考えたのです。

医局に在籍していたころ、慶應大学医学部の眼科教授は桑原安治先生でしたが、私が帰国した年に、新しく植村恭夫先生が就任していました。羽田空港にも出迎えていただいた植村教授から、助手として働かないかと声をかけていただいたので、それに応えたわけです。

この年（昭和四八年）に医学部を卒業して医局に入ってきた研修医は四名おり、いずれも優秀な人たちばかりでした。彼らと初めて会ったとき、この人たちが従来の医局のように「ランプ持ち」や「器具洗い」に終始してはいけない、少しでも実力がつくようアメリカ流のスタイルを教えなければと思ったものです。

そこで最初に実行したのが、病棟に図書室を作ることでした。

アメリカでは、レジデントたちは教科書である専門書を机に置き、患者さんを診察します。本をめくり、その患者さんに対する診療法を探り当てるわけです。

日本の大学病院でそんなことをすれば、「この医者は頼りない」と思われるでしょうが、アメリカの場合はそうではありません。研修中のレジデントが勉強しながら診察するのは当然だし、そうすることで最良の診断をし、治療法を見つけてくれると考えるわけです。

一般企業で「ＯＪＴ＝オン・ザ・ジョブ・トレーニング」という言葉が使われます。実際に仕事をしながら必要な知識や技術を身につける方法のことで、それに近い考え方といえます。

当時の日本の大学病院には、病棟に図書室などなく、慶應病院も同様でした。「図書室を作りたい」という私の異例の要請に対し、植村教授は、「秋山君の言うようにやらせてあげなさい」と応援してくれました。

こうして病棟に図書室ができました。当時、日本の眼科で教科書とされていた専門書は一冊くらいで、それもかなり古いものでした。アメリカには必須である教科書をはじめ、研修医が読むべき専門書が日本の一〇倍ほどもあります。

それらを図書室にそろえ、また、私のレジデント時代に学んだプリントも使いながら指導を始めました。それまでの医局とは違うスタイルに、四名の研修医たちは最初は面食らったようでしたが、実際に私がやって見せると、みな納得し、それからは全員が患者さんを前に臆することなく本を開き、診察するようになりました。

助手になった一年半後、私は講師に昇格しましたが、引き続き彼らの指導にあたりました。この四人の研修医たちのうち、二人はのちに医大の教授を務め、ほかの二人も優秀な臨床眼科医に育ってくれました。

このように大学病院で教えながらも、私の胸のうちでは、先ほど述べたジレンマが消えるどころか、日増しに強くなっていました。

プロのピアニストは一日練習を怠ると、その遅れを取り戻すために数日かかるといわれます。アメリカで毎日のように手術したり、常に現場にいた私は、このままでは自分が臨床医として遅れてしまう、そんな焦りを感じていました。

アメリカでは、バロトン教授が私のポストを用意して待ってくれている。「あなたとなら、どこまでもついていきます」と言ってくれたモリーもいる。

そう思うと、いても立ってもいられない感情に揺さぶられるようでした。

家族の猛反対にあいながらも自己主張

「アメリカに好きな人がいる。アメリカに戻りたい」

家族に対し、私がその言葉を告げたのがいつだったのか、正確には覚えていません。最初、たしか姉にそう打ち明けたと思いますが、それも定かではありません。

というのも、アメリカに戻りたいと言った私に対し、父も母も、姉も妹も一斉に反対したので、だれとどんな会話をしたのか、はっきりと記憶していないのです。

それまで私は父に対してはもちろん、母や姉に対しても逆らったことはありませんでした。自分自身の進路についても、家族の暗黙の合意のうちに医学部へ進み、眼科医を選んできました。父や姉から何か言われたとしても、それは長男の私を大切に思ってくれているからであり、逆らうことなど考えたこともなかったのです。

そんな私が初めて逆らったのですから、家族が驚くのも無理はありません。留学を終えれば私が日本人の嫁をもらい、父の診療所を継ぐ約束のはずと信じ込んでいた家族です。それが再渡米し、アメリカ人の女性と結婚する。これは驚きを超えた裏切りに思えたのでしょう。三年間の留学でアメリカにかぶれてしまったあげくの妄言、そうとらえたのかもしれません。

一方、家族全員に反対された私にしてみれば、どうしてだれも自分の胸のうちを理解してくれないのか、頭から否定されるのは理不尽すぎるという思いもありました。

そのころ私は、すでに三〇歳を超えていました。結婚相手を自分の意思で選ぶことがなぜいけないのか。自分の道は眼科臨床医、それを実現する場所をなぜ自分自身で決めてはいけないのか……。

いま冷静に考えてみると、当時の私は、家族をめぐる日本人とアメリカ人の考え方の相違、その溝のようなところに落ち込んでいたのだと思います。

アメリカ人も日本人も家族を大切にする点では変わりありません。どちらも家族愛が強いのですが、基本的な考え方が異なっているのです。

アメリカはまず、家族それぞれが別個の人格を持つ存在であり、子どもであっても個々の意思を尊重したうえでの家族愛です。

日本の場合は、古くから続いた家父長制の影響のためか、家の長たる父親の意にもとづいて団結するわけです。たとえ自分を犠牲にしても家を最優先にして結束する。そのうえでの家族愛といえるでしょう。秋山家はその度合いがことに強い家族でした。

個人の自由な生き方、自分に実力をつけ、どこまでも伸びていく。そんな生き方や考え方を、私は三年間の留学生活で実感してきました。それに影響されていたことは否めません。その意味で、「アメリカにかぶれた」と家族が私を見ていたのも仕方なかったかもしれません。

こうして私が幼いころから五人で寄り添うように生きてきた家族に初めて溝が生じたわけです。その溝はいったん収まりますが、別のもっと大きな溝、家族崩壊になりかねないような亀裂が生じることになります。

家族との葛藤の日々が続く

正確な日付ははっきりしませんが、南カロライナ州立医科大学のバロトン教授が日本を訪れ、レクチャーすることになりました。

教授は私にとってアメリカでの恩師ともいうべき人物です。来日を機に、私の再渡米を直接説得してもらえるという期待もあり、父に会ってもらいました。ところが、これが全く逆の結果になってしまったのです。

父と話し合ったあと、教授はこう言いました。

「君のお父さんに、『息子はアメリカに戻りたがっている。また引き戻すことはしないでほしい』と言われたよ」

教授は困惑しきったような表情でした。父は流暢な英語を話せませんでしたが、きっと懸命に訴えたのでしょう。その懸命さに教授も心動かされたのか、アメリカへ戻ったあとも、二度と私に再渡米を促すことがなくなってしまいました。

アメリカでの仕事の足がかりがなくなったわけです。子どももいるモリーを日本へ呼び寄せることは現実的に無理であり、そちらも断念せざるをえませんでした。

家族としては一件落着の思いだったでしょうが、人と人との出会いには何か運命的なものがあります。こうした日々のうち、私の前に新たなアメリカ人女性が現れたのです。

前章でも少し触れましたが、アメリカの眼科医の世界に「専門医制度」というのがあります。これは全米眼科学会が眼科専門医として正式に認めるものです。レジデントの一段上のレベルで、その専門医試験は「ボード・エグザミネーション」と呼ばれ、筆記試験と口頭試問があります。

筆記試験のほうは留学中に合格していましたが、口頭試問が帰国半年後にアメリカで行われる予定になっていました。日本に帰れば、当然英語を話す機会が減ります。口頭試問までできるだけ滑らかな英語を話す力を維持したいと考え、助手勤めのかたわら、英会話教室へ通うようになりました。

その教室で私を担当した教師がジョーンさんです。自分の勉強目的を話すと、彼女は快く承諾してくれました。マン・ツー・マンの個人授業ですから、ごく自然に親しくなり、お互いのことも話し合うようになりました。

私より数歳下のジョーンさんはペンシルベニア州ピッツバーグの出身。アメリカ人女性としては小柄なほうですが、自分探しの世界一周旅行の途中という、たくましさを持った女性でした。

英語に「ローリング・ストーン」という言葉があります。直訳すれば「転がる石」ですが、転じて、自立するため家を出て自分探しの旅をする若者という意味で使われます。ジョーンさんはまさにそのローリング・ストーンの途上にあり、アメリカへ帰国する前、日本で臨時の英会話教師をしていたわけです。

教室での授業外にも、二人で会うようになりました。彼女はヨーロッパ各地を回り、特にドイツにはかなり長く滞在していたようで、いろんな見聞を話す彼女の溌剌《はつらつ》とした様子に私は強く惹かれてしまいました。

ジョーンさんは中野の小さなアパートを借りて暮らしており、そこへも訪ねて行くようになり、仲良くなりました。

やがて専門医試験の口頭試問がアメリカ・サンフランシスコで行われました。現地に一週間ほど滞在し受験しましたが、彼女との日頃の会話のおかげもあって無事に合格。日本へ帰ってそれを告げると、彼女もわがことのように喜んでくれたものです。

このころには、私のなかで彼女と結婚したい、その思いが固まっていました。それで私の自宅や鎌倉の別宅へも彼女を招き、家族に引き合わせました。鎌倉の別宅というのは、病弱な父が静養できるようにと、かなり前に建てていた家です。

しかし、ジョーンさんと結婚したいと私が言うと、家族全員がまた反対、前にアメリカへ戻りたいと言ったときとは輪をかけた猛反対ぶりでした。

それからというもの、葛藤の日々が続きました。いま思い出しても胸が苦しくなるほどつらい日々です。再渡米に反対され、ジョーンさんとの結婚を否定され、私は家族に縛られていることが嫌になり、こんな古い家なんか捨てたいとさえ思うようになったのです。

家族との手紙のやりとり

昔からわが家では、家族内での喧嘩など全くありませんでした。何か意見の違いがあっても、いがみ合って口論することはなかったのです。ただ今度ばかりは、私のこれからの生き方がかかっており、いままでのように家族の言い分をそのまま受け入れるわけにいきません。

当時私は診療所の二階に一人で寝起きし、そこから大学病院へ通勤していました。家族は道を隔てた斜向かいの家に住み、また両親は週末になると鎌倉の家へ静養に行くという生活でした。すぐ近くに住んでいながらあまり顔を合わせない、会えば考え方の違いが浮き彫りになり、かえって、気まずくなってしまう。そんな状態のなか、お互いに口にしにくいことを手紙でやりとりするようになりました。目と鼻の先に住みながら奇妙に思われるかもしれませんが、これもわが家の慣わしでした。

私の手元に、当時家族と交わした手紙や、父の日記が残っています。アメリカ留学中、毎週のように交わした手紙はどれも、お互いを思いやるあたたかいものでしたが、それに比べ、帰国後の葛藤をめぐる手紙は、いま読み返してもつらいものばかりです。

しかし、自分史であると同時に、わが家の歴史をたどることを目的にしたこの本で、それらを避けて通ることはできません。葛藤の日々は記憶も定かではなく、心苦しいことですが、手紙や日記の一部を引用しつつ、たどっていきたいと思います。


ジョーンさんとつきあいが始まってから一年ほど経ったころ、彼女は日本滞在を終え、アメリカの実家へ帰りました。

彼女がまだ日本にいたとき、結婚して日本で暮らさないかと話したことがあります。しかし彼女は、日本での生活に不安を感じていたようです。特に家族が長男の私にかける過度の期待や心配ぶりが、アメリカ人の彼女にはどうしても理解できず、それについての不満を口にしていました。彼女の言い分はわかりますが、家族を説得できる具体的な手立ても見つからないまま、ジョーンさんは帰国しました。

アメリカの彼女に手紙を書き、電話もかけました。当時の国際電話は非常に料金が高く、三〇分も話すと何万円もかかったのですが、何度もかけました。アメリカの家族とも話し合ったところ、「日本で暮らすことはできないが、ケンがこちらへ来るなら歓迎する」というのが彼女の結論でした。

何とかアメリカへ渡り、ジョーンさんと結婚して眼科を開業したいと考えた私は、いろいろ情報を集めました。アメリカ本土の見ず知らずの街で日本人が新規開業するのは、至難の業です。そこでアメリカと日本の中間で日系人も多いハワイならいいのではと考え、ハワイで開業していた日系二世の眼科医に手紙を書きました。返事はこうでした。

『ハワイの眼科開業医はもういっぱいで、私のクリニックも経営が楽ではありません。新しく開業するのは無理だと思います』

日本人男性と結婚した妻の会というのがあることを知り、そこの代表の方にも意見を伺いたく手紙を出しました。これも返事は芳しくないものでした。

『国際結婚は難しいものです。アメリカ人女性が日本を訪れた場合、初めのうちはともかく、文化や慣習になじめず、結局離婚し、妻がアメリカへ帰るという例が少なくありません。私としてもお勧めできません』

こんな八方塞がりの状態のなか私は、昭和五〇（一九七五）年の正月を鎌倉で過ごしていた父あてに手紙を出しています。

『父さんにもう一度よく考えてもらいたいと思い手紙を書くことにしました。（中略）

僕の家ではいままでの間、僕が一人前になるまでは何としても頑張るという無言の合意のもとに、あらゆる困難と苦行に耐えてきたといえます。その先頭に立っていたのが姉さんであったといえるでしょう。

姉さんはそれを自分の任務と考え、歯を食いしばってやってきたといえますが、ある意味では全く有無をいえずにそうなってしまったともいえます。

そして現在妹が嫁に行くことになり、そして僕が一人前にはなったが、秋山眼科を現在の場所で継続してやっていく意思がないことがはっきりして、姉さんにもいままでの苦行から解放され自分に立ち返り、自分の将来のために新しい出発をする時期に来たことを、僕ははっきりと感じるのです。姉さんを家事と診療の手伝いから完全に解放してあげてください。

父さんは自分の家を起こし、成功し隠居する時が来たのです。本来なら僕が譲り受けて続けていくべきですが、種々の事情からそれもできません。そうすればやはり診療所をだれか別の人に譲るか、閉めるほかはないと思います。（後略）』

これに対する父からの返信です。

『お手紙拝見しました。残念ながら同意する気持ちにはなかなかなれませんでした。（中略）

私は三人の子どものどの子にも偏愛を持ってはいません。しかし各々に対する期待はまた別です。家というものは所謂家族制度としては戦後改革されて法的には大きく変化しましたが、その善悪はともかく、法は人間が作ったもので今後も変わることがあるでしょう。

しかし人間の本来の欲求として家とか家風とかは滅びることのない考えだと思います。君がときどき、家なんてものはという、家を軽視するような発言をすることがありますが、以ての外です。（中略）

診療所を閉鎖しろというのも土地を処分せよというのも、他の三人、特に多加ちゃんも同意見だというならまた考えてもみましょうが、君だけの意見だと、喜久子は外に出るし、多加ちゃんを自由にしてやれば、健一も自由になれると思ってやっているようにしか見えない。つまり自分だけは早く身軽になってハワイでもなんでも出て行こうとする、その下準備に過ぎないように見えるのです。（中略）

君が自分の嫁さんに長男の嫁としての役目をさせるのを望まない、というより初めから考えの中に入っていないように見えますね。自分の嫁は可愛いし、姉さんはもとからやっているので、ちっとも深い意味はない……と。それはエゴというものです。君はそれがデモクラシーだとか新しい考え方だと主張するかもしれませんが、少なくとも私の家で育ったのなら、よく考えれば家族の考え方として、当然そうかもしれぬと納得できるはずです。君の合理主義と家族の伝統とのコンプロマイズが必要です。（後略）』

姉を解放してあげてくださいと私が訴えた気持ちに偽りはありません。姉にはよい縁談の話があったのですが、事務方を一手に担っていた姉が抜けたのでは診療所がやっていけない。父が命じるまでもなくそれがわかっていた姉は、自分から縁談を断ったのです。

そんな姉を見るに忍びず、解放してくださいと訴えたわけですが、診療所を閉めることまで勧めた私の言葉の背後にあるものを、父は見抜いています。アメリカへ行き、ジョーンさんと一緒になって開業するための最大の足枷が、父が起こし苦労して育ててきた診療所でした。

その足枷がなくなれば自由に羽ばたける。

私のそんな浮き足立つような思いを父は見通していたのです。また、このふたつの手紙は家をめぐる親と子、世代間の考え方の違いも、くっきりと映し出しています。

日付ははっきりしませんが、母からもこんな手紙が届いています。

「健ちゃん、三年前の日のことをもう一度考え直してください。健ちゃんはこれからは技術の世の中になる。だから腕を磨かねば人の上に立てないし尊敬もされない。だから僕は技術を身につけ

たい。アメリカで勉強したいといって家中の賛成を得て、出発しましたね。（中略）
健ちゃんの勉強もつらかったでしょうが、こちらも病人のお父さんを抱えてそう楽々と過ごした三年間ではありませんでした。どんなにつらくとも三年たったら立派になった健ちゃんが帰ってくる。ただそれだけを夢見てつらくとも過ごしてきたのです。（中略）
家族で楽しい話し合いもできなくなりました。この一年間というもの、どんなに悲しい思いをしてきたか、健ちゃんにはわかりますか。一日中来る日も来る日も考えないわけにはいかないでしょう。帰ってきたときから全く別人の健ちゃんを見たからです。情けなくて今度は毎日泣きました。
どう考えてもいまの健ちゃんは狂っている。アメリカぼけしている。健ちゃんは日本人なんですよ、日本人。アメリカ人と結婚なんて、とんでもない。考え直しておくれ。（中略）
このことのために家中の人がみんな苦しんでいます。健ちゃん一人が自分の思い通りになったとしても他の四人が悲しみ、これから生きる望みを失っても、あんたは出て行くというのですか。あまりに勝手すぎはしませんか。自分勝手なことばかり許されていいものなのでしょうか。わからないとすれば健ちゃんは人間ではない。この上行き先の短い親に心配と悲しみと生きていく力を根こそぎ取り去っても、自分一人幸福になりたいという鬼のような心の持ち主に変わり果てたのはどうしたことか。人間でしょう。（中略）
一日も早くみんなが笑って話し合える昔の明るいわが家にしておくれ。それは健ちゃんの考えひとつにあるのです。静かに最初に戻って考え直してみてください。これ以上お父さんを苦しめないでおくれ。特にやせて望みもなくしています。健一は医者です。四人を救う力を持っています』

父や母だけでなく、姉や妹からも手紙が届きました。家を継ぐことなく、アメリカのジョーンさんのもとへ行こうとする私を責める手紙ばかりです。家族全員から非難の手紙をもらった私は心が揺れ動くものの、どうすれば解決の糸口がつかめるのかわからない袋小路に追い込まれていました。

そんなころ、アメリカの友人のスチュアートが家族とともに来日しました。スチュアートはマイクと同様に、「ランキャスター・研修コース」で知り合った眼科医です。

嵐に見舞われていたような当時のわが家、普通なら私の友人を迎えるなどできなかったでしょう。しかし、スチュアートたちを鎌倉の家に招き、心から歓待したのです。その先頭に立って采配をふるったのが姉でした。子どものころから、私の友人が訪ねてくると手料理でもてなしてくれていた姉は、今度も苦しい自分の心を押し殺し、甲斐甲斐しく立ち働いてくれました。

アメリカに帰国したスチュアートから礼状が届きました。

『今度の旅行であなたと、あなたの家族が私たちに差し伸べてくださったこの上ない歓迎に対する私たちの感謝の気持ちは、言葉では言い表すことのできないものでした。それは私たちが経験したいままでで最も素晴らしいものでした。東京の素晴らしさ、地方の自然美、そしてあなたのご両親と姉妹からの親密なる愛情は決して忘れることはできません』

単なる社交辞令ではない感謝の言葉のあと、彼はこう書いています。

『私はいまあなたが大変な岐路に立っていることがよくわかります。これからの将来を考えるとき、どうすれば自分を最大限に生かせるか迷っているといえるでしょう。

あなたは眼科学を極め、その知識を他の人に伝える大きな役目があります。もしかして、あなたはほかの人があなたを十分理解していないと感じるときがあるかもしれませんが、真実、あなたはこの国にとって大変必要とされているのです。だから、決して落胆しないでください。あなたの伝統を忘れないでください。そして決してあきらめないことです。必ず最後はうまくいくはずです』スチュアートがわが家に来た折、私は彼に自分が陥っている苦境を打ち明けました。それに対しての彼のアドバイスです。婉曲な言葉で、私が日本で仕事を続けるよう勧めています。

誠意と友情に満ちたアドバイスにも関わらず、私の心は揺れ動き続けるばかりでした。

ジョーンとの別れ

「日本で一緒に暮らすことはできない。あなたがこちらに来るなら結婚する」と言うアメリカのジョーンさん、何としてでも止めようとする家族。その狭間で私は行きつ戻りつしていました。そんな私の姿に一番傷ついていたのは、姉だったのかもしれません。

自分の縁談をあきらめ、病弱な父を助け診療所を懸命に守り続けてきたのが姉です。私の友人が訪ねてくれば、どんなに忙しくとも常に歓待していたのは、私が診療所を継ぐことを信じていたからこそです。

『朝まで眠れず、頭がガンガンしている』と手紙に書いてきたりしました。悩みに悩んでいたのでしょう。その姉に対し、私はこんな返事を書いています。

『ジョーンさんと一緒になるのがなぜそんなにいけないのですか。僕が僕の相手を選ぶのに姉さんがこの人はダメだ、あの人はダメだというのは見当違いではないですか。

いくら夜更かししたとしても泣いて眠れない夜があったとしても、それが自分の弟をこう作っていきたい、こうあるべきだという姉さんの頭で考えて、そうなっていないからそうなるとしたら、私には説得力がありません。僕は姉さんの期待に添うように生きているのではありません』

いまにして思えば、姉にとっては実に残酷な言葉ですが、当時の私にはそれを思いやることすらできなかったのです。

姉は動物好きで、家で猫を飼っていました。バビィと名づけ可愛がっていましたが、あるとき、私がその猫を抱き上げると、いきなり私の顔を引っかいたのです。しばらく消えないほどの傷でした。猫は自分を大事にしてくれる人を苦しめる相手に怒るそうです。

昭和五〇（一九七五）年は、そうした葛藤のピークでしたが、その六月、私はアメリカのジョーンさんを訪ねました。彼女と二人で小旅行をし、何とか解決法をさぐろうとしたのですが、日本へ行けないという彼女の決意は変わりませんでした。悄然としながら帰国の途につきましたが、日本へ向かう飛行機内でのことはいまも忘れられません。

窓際の席に座り、遠ざかるアメリカの都会をぼんやりと見ていました。高度が上がり、やがて一面の雲海になったとき、ふと思ったのです。

自分が死ぬ気になってやるというのはどういうことなのか？　どんな壁があろうと踏み込まなきゃいけないとしたら、自分はいま、ここから飛び降りることができるのだろうか……？

思い詰めた果ての、そんな自問をしながら窓の外をじっと見つめていました。やがて答えが出てきました。やっぱり自分は飛び降りられない。流れにまかせるしかない……。

帰国後、ジョーンさんにあてて『あなたとの結婚をあきらめるしかない』と手紙を書きました。彼女からの返信に『あなたのご家族のことを悪く言ったことを許してください。自分では傷つけるつもりはありませんでしたが、ご両親やお姉さんに謝っておいてください』とありました。

こうして形のうえではジョーンさんと別れましたが、私の頭のなかから本当にアメリカが吹っ切れたかというと、それにはまだまだ時間が必要でした。

スペシャリストを目指して渡米したい思い

アメリカ・ボストンの大きな病院の付属機関に「Retina Foundation（以下レチナ・ファンデーション）」というところがあります。ここには眼科のスペシャリストたちが集まっていましたが、とくに網膜剥離専門医は世界的なトップレベルの医師が四、五人おり、研究と臨床にあたっていました。

留学中さまざまな手術を手がけた私ですが、難しいとされる網膜剥離が一番得意でした。バロトン教授も高く評価してくれて、「レチナ・ファンデーションでフェローシップとしてさらに腕を磨けば、ケンも世界レベルになれるよ」と言い、ファンデーションに推薦状を書いてくれました。私自身もボストンへ赴き、レチナ・ファンデーションの審査を受け、合格していました。

そのあと帰国し、慶應大学助手・講師として勤める一方、ここまで述べてきた家族との葛藤が起きたわけです。レチナ・ファンデーションのほうからは、「いつ、こちらへ来られるのか」という催促の連絡があり、延ばし延ばしにしていた私は、ボストン行きを決心しました。そして一度はあきらめたはずのジョーンさんに手紙と電話で伝えると、「ケンを待っている」という返事がもらえたのです。

ボストンでのフェローシップは一年半が予定されていました。当然、慶應のほうは退職しなければなりません。そこで父に相談しました。父の日記にこう書かれています。

『アメリカに行ってさらに網膜剥離手術の研鑽を積みたいということに私は賛成した。そしてあと一年でも二年でも、もしその間に私にもしものことがあれば（私は余命いくばくもないと思っている）それもやむなしと思うと付言した。

家内、多加子と喜久子はアメリカ行きを聞くと、猛然と反対した。（中略）病老父がもうあまり働けないと知っていて、無力の女姉妹に預け、ジョーンさんの操るままにアメリカに永住しかねないという。そんな人道に外れたことをなぜ許さなければならないのか……である。

結局ジョーンさんを日本に連れてくることを条件に結婚を許す。アメリカに行かないことに結論を得た』

父の苦悩が伝わってきます。同じ眼科医として私のボストン行きに賛成したものの、ほかの家族に反対され、苦慮したあげく、ジョーンさんが日本に来て私が診療所を継ぐという条件で解決しようとしたのです。

しかし、妥協をしないジョーンさんの「日本へは行かない」という決意は固いままです。私は再び追い詰められました。ボストン行きの日取りも決められず、昭和五〇（一九七五）年の暮れになりました。

年末を両親とともに鎌倉の家で過ごしていた姉から手紙が届きました。

『人の心を顧みないで自分だけの幸福を考え自分だけは幸福になるべきだと、自分だけ中心に好ましいように考えようとすることは傲慢です。一人の人間として最も卑怯なやり方です。昔から何か事あるごとに、一番残酷なのは家族なのだそうです。このごろの健を見ると私もそう思います。他人ならその人と離れればよいのですが、肉親ではどうしても切れないものがあるからでしょう。

(中略)

健の技術はトップかもしれないけれど心の貧しさは最低です。私が気づいてもらいたいことが分かりますか。自分本位にあまり無茶ばかりして家族を苦しめるならば、私は健が気づくために死にますよ。

私の死など他人にとっては何の意味も価値もないでしょうけれど、健にとっては一生の悔いになるはずです。そうしてうんと苦しむことです。私だってどんなに苦しい思いをしてきたかわかりません。青春を犠牲にしてひたすら一途につぎ込んできたことが、こんなに無残な姿に育てるためだったなら死んでも浮かばれないでしょう』

この手紙を受け取った数日後のことです。私が鎌倉の家を訪れると、両親がうろたえながら「さっき多加子が、『私は死にます』と言い残し、家を飛び出た」というのです。私はあわてて家をあとにしました。真冬の夜も遅い時間です。あちこちを捜し、ようやく見つけた姉は、薄暗い街灯の下に佇んでいました。

「僕が悪かった。姉さんの命と引き換えに自分の幸せを得たいなどとは思いません。どうか帰ってきてください」

かきくどくように訴える私を見つめる姉の顔は蒼白でした。感情が高ぶって声も出ないのか、涙を流すばかりでした。姉の肩を抱いて家へ向かいながら、私の頭のなかを岩手の子ども時代から、これまでのことが走馬燈にように蘇りました。そして、口にせずに呟いていました。

〈「家族との約束」、それは確かにあるんだ〉

昭和五一（一九七六）年四月末が、レチナ・ファンデーションへ行くかどうかその返事を出す期限になっていました。四月二五日の父の日記にこう記されています。

『健一がせかせかと茶の間に一人いた私のところに入ってきて、立ったまま迫った表情で話しかける。「父さん、レチナ・ファンデーションに一年半なんだけどね。意見を聞かせてもらいたいんだけど……いま返事を書くとこで……」と言う。私は一瞬のためらいのあと、力を込めて言った。

「行かんでくれよ健一君！　私にとってはね、君に立派な眼科医になってくれと頼んだ手前、網膜剥離の研究を極めようとする今度の企画をとどめよう何の理由もない。しかし、多加ちゃん、母さん、あとはキーたんの言うごとく、君はすでに日本の眼科医として一流に伍す腕前だ。それがいま、不安定な私の現在を女どもに任せてまで、自己完成を計るのは承服しかねると言われれば、私も無視するわけにはいかない……。」

健一は皆までは聞かず、「いや、行かんでくれ、という言葉を聞けば十分。でももしやと思って最後の決断のため聞きに来たんです。それで結構、じゃそちらへは断ります」と』

このときのことはよく覚えています。姉が家を飛び出したとき、私は「家族との約束」の何たるかを知り、今度こそジョーンさんをあきらめようと決心しました。

一方、ボストンでフェローシップとして腕を磨くことについては、臨床眼科医の理想の姿を目指す自分にとって未練があったことは事実です。しかし、「家族との約束」を守るためには、ボストンへ行くべきではないとも思っていました。ここで私が行ってしまえば、家族が崩壊してしまう。父もそれを案じているだろうと考えながら、最終判断を仰ごうと、父のもとへ行ったのです。

「行かんでくれ」という父の悲痛な声は、私にとってダメ押しになりました。自分が追い詰められているのと同じように、父や姉をここまで追い詰めていたことを知りました。

こうして帰国後三年間の葛藤がようやく終わりを告げたのです。

第五章　慶應義塾大学講師から国立東京第二病院医長へ

開業準備中に思いがけない方向転換

葛藤の嵐が過ぎ去ったあと、私が考えたのは開業です。レチナ・ファンデーションへ断りの返事を書き、アメリカ行きは断念したものの、私のなかでまだ何かくすぶるものがあり、それを完全に払拭するためにも、また「家族との約束」を果たすためにも、秋山眼科を引き継ごうと決心したわけです。

私が引き継ぐ以上、従来の開業眼科ではなく、新しい形のものにしたいと考えました。それを実現するには父の診療所は狭すぎます。そこで新たに開業用の土地を探すことにしました。

日本に腰をすえ落ち着くことを決めた私に、家族全員が胸をなでおろし喜んでくれました。父は土地探しに協力してくれ、母と姉はさっそくあちこちに声をかけ、私の結婚相手を探し始めるという具合です。

開業するには慶應大学講師の仕事も続けられず、退職を申し出ました。何とか私を引き留めようとした医局は、兼任講師という肩書を残してくれましたが、私はほかの病院でアルバイト的に働きながら、開業に向け動き出しました。

土地のほうは、父が岩手県の勤務医時代に同僚だった黄川田先生を紹介してくれました。黄川田先生は自由が丘に百坪ほどの土地を持っており、場所柄もよく、そこを買う手はずを整えてくれました。

結婚のほうも、見合い話がつぎつぎに持ち込まれました。偉い人の娘さんとも随分お見合いし、そのうちの一人とほとんど婚約寸前まで話が進みました。その方は本当に日本的な才女で家庭的なタイプ、私の家族全員が大賛成でした。

私が日本人の嫁をもらい、秋山眼科を継ぐ。これは長年にわたる家族の願いです。私もそのつもりでいましたが、運命というものはわかりません。

土地も結婚も決まりかけていたある日、慶應大学の植村教授が私の自宅へ訪ねてきました。そして、こうおっしゃるのです。

「慶應にフルタイムで戻ってくれないか。まず論文を出してくれれば通して博士号をあげるので、専任講師として戻ってほしい」

助手時代に病棟図書室を作るなど、アメリカ流スタイルを取り入れた私に期待したのでしょうか、教授は実に真剣な面持ちで語るのです。開業に傾いていた私の気持ちも揺れ、そこまで熱心におっしゃっていただける教授の誘いを受けることにしました。

決まりかけていた土地の話を断らなければいけません。黄川田先生に「いまになってどういうことだ」と叱られましたが、ひたすら頭を下げ、お許しを願いました。

博士論文として、『網膜下液吸収遅延のメカニズム』を書きました。これはアメリカ留学中、バロトン教授の教えに従って考えていたテーマです。『ケイオウジャーナル』に投稿し、博士号が授与され、専任講師として大学医局に復帰しました。

一方の結婚、これも思いがけないドンデン返しになったのです。婚約寸前まで話が進んでいた女性に対し、私はときめきを感じませんでしたが、家族が大賛成しているのだからいいかと思っていました。ところが、講師として戻った慶應大学医局である女性に出会ったのです。

それが現在の妻・美枝です。私より九歳下の彼女は、東京女子医大を卒業し、研修医として慶應の医局に入って間もないころでした。

つきあうきっかけになったのは、医局の打ち上げ会のときです。二次会に繰り出すことになりましたが、慶應卒ではない外様のせいか彼女は、皆から離れぽつんと一人で立っていました。その寂しそうな姿が気になり、「ちょっと二人で話しましょうか」と声をかけました。「いいんですか?」と、うれしそうな笑顔を見せる彼女に惹かれたのです。

「この人と結婚したい」と彼女を紹介すると、家族は困惑しました。専業主婦として家と両親、そして夫を守るのが長男の嫁。それにぴったりの相手が決まりかけていたのですから、家族の反応も当然かもしれません。

しかし、アメリカ人女性をめぐる大騒動のあとです。日本人女性で、私が気に入ったのなら、と認めてくれました。

伴侶を得て講師としてフル回転

昭和五二(一九七七)年一〇月二三日、植村先生ご夫妻の仲人で私と美枝は結婚しました。会場はパレスホテルで、そのあと、ヨーロッパへ新婚旅行に出かけました。

父の日記にこう書かれています。

『健一は大いに気に入り生き生きとして満ち足りた日々を得たるものの如く、米人女性との傷心も拭い去られたるもののごとし。家族一同大いに意を案ずるとともに愁眉を開く。』

私が葛藤の渦中にあったとき、父も苦悩のなかにあり、自分の心を落ち着かせようと掛け軸に写経をしたりしていました。そんな父も私の結婚に心からの安堵を得たようです。

日記の文中にあるように、私も生まれ変わったように生き生きとなりました。まだかすかにくすぶっていたアメリカへの思いを完全に断ち切れたのです。

開業をあきらめたわけではありませんが、妻に診療所を任せ、自分は講師として教えながら、さらに臨床の現場に立つ。それに専念しようと考えました。

南青山の牧山ハウスというマンションで新婚生活が始まりました。そこから私は慶應病院へ、妻は診療所へと出かける毎日です。

助手時代に病棟図書室をつくった経緯についてはすでに述べましたが、講師になってさらにそれを充実させました。医局には各学年の研修医が三、四名、計一〇人余りいましたが、彼らを前にカンファレンスや勉強会を頻繁に行い、アメリカで習った知識を伝えていきました。また外部からオプトメトリストの専門家を招き、屈折や光学の指導をしてもらったりもしました。

もちろん回診も外来も、すべてやりました。それまで慶應病院では、外来と病棟担当がほぼ固定制になっていましたが、半年ごとに主治医が交替するようになりました。私の功績とは言いませんが、アメリカ式のスタイルを持ち込んだことで、医局のなかでいろいろ変えていこうという積極的な雰囲気が生まれてきたのは事実です。

慶應病院には、難しい症例の患者さんが全国から集まってきます。先天白内障、先天緑内障、網膜剥離などです。そういう難しい症例でも、私はアメリカで身につけた技術を使って治療にあたりました。

一例をあげれば、網膜剥離手術にエピスクレラール・テクニックを取り入れました。これは網膜を冷凍凝固し、シリコンスポンジを眼球のまわりに縫いつける方法です。それまで日本では、強膜を切開したリジアテルミー凝固が主流でしたが、アメリカのやり方のほうがより簡単で、効果も上がるのです。

ほかの難しい症例では、交通事故による目の負傷もありました。

仕事でアフリカ出張中に交通事故にあい、瀕死の重傷で慶應病院に運び込まれた男性の患者さんは、眼科、脳外科が主でしたが他の診療科と連携して治療、無事に生還しました。

交通事故で骨折し、眼球破裂から回復した女性の患者さんもいました。この方はいまも存命で、片目ですが見えています。

もちろん成功例ばかりではありません。先ほど網膜剥離の手術法を述べましたが、それを駆使しても失明した患者さんもいます。

未熟児網膜症の女性がいました。治療によって、片目は二〇歳くらいまである程度見えていたのですが、そのあと全く見えなくなってしまいました。それでもリハビリに励んで、自立して日常生活ができるようになり、立派に結婚されました。

両眼の網膜剥離の女性もいました。手を尽くして治療したものの、結局失明。しかし同じ目の不自由な男性と結婚して、幸せに暮らしております。

また、同じ両眼の網膜剥離の患者さん。両眼とも耳側の網膜が毛様体上皮から連続して断裂しており、片方はすでに回復不能の状態でした。この方はそのころようやく実用化された硝子体手術を行い、実に一〇回にも及ぶ再手術の結果、視力を取り戻しました。しかし一五年経って少しずつ悪化し、とうとう失明しました。この患者さんはいまでもときどき秋山眼科に来てくれています。

現在日本では、失明原因の第一位になっているのが緑内障です。緑内障にはいろいろな種類があり、私が慶應病院にいたころも、治療が難しい病気でした。特に生まれつきの先天緑内障は、別名牛眼と呼ばれ、牛の眼のように大きくしばしば角膜が混濁しているのですが、治療成功例はあまり聞かれませんでした。

その先天緑内障で、いまも忘れられない患者さんがいます。

遠くから慶應病院に通っていた男の子で、いつも付き添う母親が熱心で、ゴニオトミーという手術を何回も繰り返し行いました。しばらくは眼圧が下がるのですが、少し経つとまた上昇し、一喜一憂しながら長い間通院していました。実に利発な子で、わずか三、四歳なのに、主治医の私や母親の気持ちを察してか、大人でも大変な検査を信じがたいほど素直に受けていました。

それでも力及ばす失明しましたが、そのあとが偉いのです。彼は失明後、苦学して弁護士の資格を取り、盲目の弁護士として活躍し、本も書きました。私もその本を読ませてもらいましたが、残念なことにお母さんは五八歳の若さで乳がんで亡くなったそうです。

お子さんは何回にも及ぶ入院と全身麻酔の手術に耐えましたが、お母さんは常に寄り添い、障害を持って生まれたわが子への責任をまっとうしようと努力されていました。そんな母子の必死の努力に頭が下がると同時に、難病とはいえ期待に添えることができずすまなかったという思いが、いまもあります。

世界に先駆けて発表できた可能性も

目の構造を大まかに説明しますと、眼球に入ってくる光が最初に通過するのが角膜です。角膜を通過した光は瞳孔で調節され、カメラのレンズにあたる水晶体を通過します。水晶体の後方に硝子体があり、それを取り囲むのが網膜で、さらに網膜を囲んでいるのが脈絡膜です。

ある患者さんを診ていた私は、脈絡膜に異常を見つけました。それまで見たことのない症例で、世界のどの文献にも出ていませんでした。私は眼底写真を撮り、都内の眼科医の症例報告会でもある東京眼科集談会で取り上げ、ディスカッションしました。

私の意見では、血管腫による異常というものでした。結果的に脈絡膜骨腫だったのですが、もし詳しくレントゲンでも撮っていればそれがわかり、世界に先駆けて発表できたかもしれません。現在では世界中に知られている疾患ですが、その報告者になる機会を逸したわけです。

そういう臨床のほかに、慶應病院での私は新しい検査機器の導入や治療器具の開発も手がけました。

たとえば眼底を見る双眼倒像鏡という検査器があり、当時日本ではあまり使われていませんでしたが、これを慶應病院に導入しました。

また、ソフトレンズの素材を加工して、涙点プラグを作ることを考えました。これはドライアイ患者さん用のもので、涙が涙点から流れるのをブロックするためのプラグです。現在では、たくさん製品化されて出回っていますが、たぶんその当時誰も考えていなかったのだと思います。

余談ですが、そのプラグを特許申請していれば、私はいまごろ大金持ちになっていたかもしれません。さまざまな患者さんに向かい合う臨床の現場以外に関心がなかった私には、特許申請など念頭になかったのです。特許に詳しいメーカーなどとのつきあいもなく、残念といえば残念な話です。

開発といえば、「KT—1」というのも作りました。これもドライアイの治療用として私が考案した粘性のある目薬です。アメリカではそういう薬が出始めていましたが、日本ではまだなかったのです。慶應病院の薬局で作ってもらい、「Keio Tear＝慶應の涙」と名づけました。さらに改良して続けて作ってもらうつもりでしたが、「1」で終わりました。

いまでは同類の目薬がいっぱい出回っており、これまた残念、まさに「涙」を飲んだわけです。

アメリカの親友一家が日本へ訪ねてくる

こうして慶應病院でフル回転の働きをしていたころ、うれしいこともありました。アメリカの親友、マイク・キャンベルが日本を訪れてくれたのです。

ちょうどそのころ、私たち夫婦は家賃の高い南青山のマンションから、父に借金して青山のマンションを購入し、移転しようとしていました。そこへマイクが、家族を連れて日本へ旅行したいと連絡してきたのです。つまり、ふたつのマンションを同時に持っていたときです。

ホテルに滞在するのは味気ないものです。マイクたちに買ったばかりのマンションを利用してもらえればと提案すると、彼も大喜びでした。彼が自分の別荘の鍵を「ケンの好きなときに使っていいよ」と渡してくれた、そのお返しにもなります。それがかなうタイミングのよさに私自身も驚きました。

昭和五三（一九七八）年五月半ば、日本を訪れたマイクたちは、一行とでも呼びたくなるような大人数でした。彼と奥さんをはじめ、娘さん三人に息子さん二人、マイクのお母さん、さらに友人のドクターとその息子さんです。ベッドを調達するのが大変でしたが、それだけの人数でホテルに泊まると費用もバカになりません。マイク夫婦はしきりに感謝の言葉を口にしていました。

マイクファミリーの鎌倉訪問

留学中に私は何度もマイクの家を訪ねていきましたので、奥さんのアーマも五人の子どもたちとも顔なじみです。久しぶりの再会を喜び合いました。

鎌倉の家へも招き、例によって姉が先頭に立ってもてなしました。親友であるマイクのことを私はよく父に話していましたから、父はわがことのように喜び、終始笑顔でした。

ミニバスをチャーターし、皆で東京観光、日光へも行きました。また新幹線で奈良、京都へも訪れました。初めて目にする日本の美しい風景や伝統的な建築美に、マイクをはじめ全員が感嘆の声をあげ、それを聞きながら私も、病院での多忙極まりない日頃の疲れが吹っ飛んだものです。

マイクと二人きりで話す時間はあまりなかったのですが、母校の大学で後輩たちを教えながら、臨床の日々を送る私を、「ケンにとってベストだね」と言ってくれました。


話ははるか後年に飛びますが、この短くも楽しい日々から三七年後の平成二七（二〇一五）年、私はマイクの死去を知ることになりました。奥さんのアーマからのクリスマスカードで知ったのですが、私はマイクとの交友を偲びながら追悼の意を表す手紙を書き送りました。しばらくして、アーマからそれに対する心のこもった返信が届きました。

その手紙のなかには、日本を訪れたときの思い出も触れられており、のちほど紹介したいと思います。

命のリレー・長男の誕生と父の他界

マイクたちが日本を訪れた翌年、わが秋山家にもいろいろ変化がありました。

昭和五四（一九七九）年三月、私の長男・悟一が誕生しました。両親にとっては二番目の孫です。初孫はその三年前、妹の娘・優子でした。ここで妹についても少し述べておきます。私の葛藤の時期、妹も私の再渡米に反対していました。わが家の将来を思い、母や姉と泣き明かした夜もあったそうですが、反対されても自己主張する私を見て、「結局頼れるのは自分一人、自分のことは自分で決めよう」、そう考えたと私に手紙で書いてきたこともあります。

当時妹は、薬品関連会社に勤める男性とつきあっていましたが、両親に結婚を反対されていました。家族に逆らう私の影響でしょうか、昭和五〇（一九七五）年、反対を押し切って結婚したのです。両親にしてみれば、私につぐ末っ子の「反抗」に悩まされたことでしょうが、翌年、初孫の優子が誕生して一変しました。ことに父は目に入れても痛くないほど可愛がっていました。私の長男の誕生も、男の孫ということで大変な喜びぶりでした。眼科医二代目の私につぐ三代目として、将来を思い描いていたのかもしれません。

ところが、長男の誕生からわずか半年後、父は他界してしまったのです。

肺高血圧の持病があった父の主治医は慶應病院の名越先生でした。九月に入って父の容態が悪化し、名越先生が内科医長になられていた国立東京第二病院へ救急車で運ばれました。

いまも忘れることができませんが、九月二三日の日曜日のことです。私がベッドの傍にいたとき、突然父が痙攣を起こしたのです。首が硬直して目が上転し、顔を引きつけました。すぐに当直医に来てもらいましたが、すでに心肺停止でした。

こういう際、救命措置のひとつとして気管に挿管して空気を入れる方法があり、私も以前麻酔科を回ったときに練習していました。しかし当座になるとどうしてもできません。当直医も試みてくれましたが、そのかいもなく心電図がフラットになり、息を引き取りました。

名越先生が駆けつけてくれ、「心筋梗塞だと思います。助けることができず、申し訳ありません」と悔やんでおられました。私もまた、診療科が違うとはいえ、傍にいて助けられなかったことを心から悔やみました。

通夜のとき、棺のなかで永遠の眠りについた父と、家内に抱かれてすやすやと眠る幼い長男を交互に見ながら、誕生と死去、血をつなぐ命のリレーというのを感じたものでした。

ただ晩年の父は、気管支拡張症のため呼吸困難になり、酸素吸入器が必要な状態でした。痰が出せず、見ているこっちもつらくなるような苦しみようでしたので、助けられなかった後悔と同時に、「父さん、やっと楽になったね」と声をかけてあげたい思いもありました。それは私だけでなく、家族全員が同じ思いだったでしょう。

死去後、七〇年の父の生涯を振り返ってみました。宿痾《やどやまい》という言葉がありますが、学生時代に患った結核に引きずられるような一生でした。そんな体で診療所を起こし、軌道に乗せ、家族を養い育て上げたのですから立派です。私が迷いの渦中にあったときも、同じ眼科医として私を理解しつつ、同時にほかの家族の思いも察するという苦しい立場に立たされていました。それでも取り乱すことのなかった父は、精神的に本当に偉い人間だったと思います。

死去の前年、父は旧制水戸高校の同窓会に出席できなかったので、同窓会幹事に長い手紙を書いていますが、なかで私にも触れています。息子自慢に過ぎませんが、私のことを誇りに思ってくれる父の言葉に、思わず目頭が熱くなりました。

また父の日記も他界後、初めて読みました。ここまでも何度か引用しましたが、わが家の騒動の最中、『息子はこのごろ、私を映画に誘ってくれない』というようなことを綴っています。中学生のころ、父に連れられて毎月のように映画を観に行きました。そんな遠い昔を思い出し、父は私と二人きりの時間が持てず、淋しい思いをしていたのだろうかと、しみじみと考えたものでした。

国立東京第二病院眼科医長に就任

昭和五八（一九八三）年の初めだったと記憶していますが、私は植村教授に「折り入って頼みたいことがある」と声をかけられました。国立東京第二病院の眼科医長が近く定年で辞めるので、そのあとを引き受けてくれないかという依頼でした。

「五年間、医長として存分に成績をあげ、いい論文を書けば、私が慶應大学教授を辞めるとき、君を教授に推薦するから」

そう約束してくれたのです。慶應大学医学部教授は、東京大学のそれと並ぶ医療の世界ではトップの存在です。もともとそういう地位に立って眼科医療を引っ張っていくという大志は持っていない私でしたが、当時四二歳、まさに働き盛りの壮年です。

植村先生の言葉を胸に意気揚々と東京第二病院（以下、東二と表記）へ移って行きました。ちなみに東二は現在、国立病院機構東京医療センターとなっており、国立東京第一病院は現在の国立病院機構国際医療研究センターです。この東一の人事系は東京大学医学部、東二が慶應大学医学部で、慶應の関連病院中、ベッド数も八〇〇近い最大規模の病院です。

東二の眼科へは、前医長時代のドクターのほか、私が医局で指導した若い先生たちを連れて行きました。みな優秀な人たちで、のちに医大の教授になった人も二人います。

医長は眼科で一番上ですので、気がねなく腕をふるうことができました。面映ゆい言葉ですが、「アメリカ帰りの名医」という評判もいただき、地域の周辺の先生からいろいろな患者さんを紹介してもらいました。また国立ということもあり、公務員の方たちからの紹介患者さんも多く、大学病院に比べて勝るとも劣らないさまざまな症例の患者さんの診療にあたることができました。

大学病院でも同じでしたが、臨床医としての私の信条は、「どんな症例の患者さんにも対応できること」でした。つまり、何でもやれるのがまっとうな臨床医です。そのためには、いろいろな患者さんをできる限りていねいに診断し治療する。その経験の積み重ねが不可欠です。この信条にもとづいて自ら実践するだけでなく、若いドクターたちにも伝えていきました。

国立東京第二病院の玄関で

東二には一〇年間勤務しましたが、ありとあらゆる症例の患者さんを診療しました。何百例にもおよぶ白内障をはじめ、緑内障、網膜剥離、角膜移植などから斜視まで、数えきれないほどの手術を手がけました。大部分は私が執刀し、その経験を若いドクターたちと分かち合うという形で進めていきました。

数多くの患者さんたちのうち、大半は治療が成功し、「ありがとうございます」と感謝の言葉をいただきました。言うまでもなくとてもうれしいことですが、医者としていつまでも強く記憶に残るのは、治療が難しく苦労した患者さんたちです。苦労のすえ治療に成功すれば、こちらの喜びもひとしおですが、逆に成功しなかった場合、どうしてだろう、どうすればうまくいくのかと繰り返し自問することになります。そんな記憶に残る患者さんたちの一部を紹介しておきましょう。

忘れられない患者さんたち

慶應病院時代をたどった項で、先天緑内障の男性の例を述べました。のちに盲目の弁護士として活躍し、自叙伝を出版した方ですが、同じ先天緑内障で、自叙伝を書いた女性患者さんがいます。

彼女は慶應病院で私が担当し、東二へ移ってからは、そちらへ通って来られるようになりました。東京郊外に住んでおられ、いつもお兄さんに付き添われて東二の外来に来てくださっていました。長身の美しい人で、ユーモアもあり、お会いするのが楽しみなほどでした。

前の患者さんはお母さんの献身ぶりに感心しましたが、この女性の場合はお兄さんです。国際航空法の専門家で、どこかの大学教授を務めていたお兄さんは、始終日本とカナダを行き来していましたが、妹さんの受診日には必ず付き添い、面倒を見ておられました。妹の世話を自分の生涯の役目と考えているように思え、私も感動したものです。

先に触れたように緑内障は日本人の失明原因第一位ですが、手術法や点眼薬が進歩し、治癒率が上がっています。ただ牛眼とも呼ばれる先天緑内障は、いまでもなかなか難しい疾患です。

お兄さんに付き添われて通院する彼女に、私も全力を尽くして治療にあたったのですが、なかなか効果が上がりませんでした。ある日、彼女は自著『壊れたメロンを抱いて』を持参し、私にくださったのですが、それ以降、来院されなくなったのです。

その本を読ませてもらいましたが、牛眼を持った人の気持ちを医者である私にもわかってもらいたかったのだろうと感じました。患者さんの痛みや苦しみを思うがゆえに私たち医者も尽力するのですが、それでも及ばないことがあります。彼女の本のなかに『治療の効果が上がらないなら、チュウでもしてくれたほうがよかった』という記述があり、彼女独特のユーモアと同時に、患者としての深い悲しみを感じさせられたものでした。

＊　＊　＊

白内障患者さんの九九％は加齢による、いわゆる老人性白内障の方で、眼科の手術の大部分を占めています。しかしなかには生まれつきの先天白内障の患者さんや、いろいろな全身疾患に合併する白内障もあります。

東二時代、母親が先天白内障であった子どもが両眼の白内障で紹介されて訪れました。生後五カ月で、両眼の白内障摘出手術を行いました。術後の経過も良好で、両眼とも矯正視力一・二と正常になりました。

一方、お母さんのほうは片眼失明しており、他眼も視力〇・三ほどにとどまったままでした。もう三〇年あまり前のことで、当時は眼内レンズがまだ使われていませんでした。いまなら眼内レンズを入れてよくなったことでしょう。

息子さんは、八歳ころから左眼の眼圧が上昇し、再び治療にあたりました。三〇歳になった現在も、秋山眼科へ定期的に通院されていますが、現在は点眼もなく経過良好です。

このほか特殊な白内障として、水晶体が脱臼したマルファン症候群の患者さんがいました。その脱臼した白内障の手術と、合併していた網膜剥離の手術を行いました。

同じように水晶体が脱臼した若い男性患者さんがいて、この人は少し知能低下が認められ、調べてみるとホモシスチン尿症であることがわかりました。白内障の手術もさることながら、食事のコントロールによって知能低下が改善され、ご家族の方に喜ばれたものでした。

この例のようにほかの疾患を持っていることもあり、それをきちんと診察することも眼科医には求められるのです。

＊＊＊

網膜剥離は二〇代の若い人たちと五〇代の人たちに起こる頻度が高い特徴を持っています。この網膜剥離手術は難しいのですが、アメリカ留学中、バロトン教授の勧めもあり、研修医のなかで私が一番多く手がけました。

慶應病院でも東二でも数多く担当し、大体はうまくいきましたが、治せなかった患者さんも少なくありませんでした。

網膜剥離で最も記憶に残っているのは、Yさんという自傷行為のある男性患者さんです。両眼の網膜剥離を起こしており、巨大裂孔がありました。

硝子体手術のあと、眼内にガスを入れて腹臥位になってもらいましたが、自分で治療を理解することができず起き上がってしまうのです。そのため仕方なく持続的に挿管したまま二日腹臥位を保ってもらいました。

手術だけで四、五時間はかかりましたが、ご家族がとても治療に熱心で、「何とか目が見えるようにしてもらいたい」と訴えられ、こちらも全力を尽くしたのですが、結局失明してしまいました。治してあげたい一心で治療に取り組んだ私に、ご家族からは長い間にわたって感謝されたのですが、現在なら水よりも重い透明な眼内物質を使うことができ、治せたのではとも思います。時代の違いを強く感じさせられます。

やはり網膜剥離で思い出すのは、三〇歳くらいの女性患者さんです。オートバイに乗っていて交通事故を起こし、両眼の網膜剥離になり、別の病院から送られてきました。

まず、ひどくないほうの眼の網膜剥離の手術をしたところ経過がよく、もう片眼には難しいPVR（Proliferative Vitreoretinoapathy の略。増殖硝子体網膜症。網膜の表面や裏側に細胞が増殖して膜状のものを作り、網膜が正常に進展することができなくなった状態）の手術をしようということになり、全身麻酔手術を行いました。

夜中に患者さんが、手術していないほうの眼が痛いと訴え、通常の鎮静剤を服用してもらいました。不幸にもこのとき、よくなった片眼に空気が残っていました。残されたPVRの眼をさらに数時間かけて増殖組織を切除して、シリコンオイルを入れましたが、そのあとPVRの再発のため、結局失明してしまいました。

私としては最善の治療をしたつもりでしたが、この患者さんの場合、処置がどれも後手に回っていました。その理由を考え、偶然の果たす役割の大きさに愕然としました。もしも紹介してくれた前の病院で軽いほうの網膜剥離を手術し、そのあとで来てくれていたら……PVRの手術をやめるか、もう少しあとで手がけていたなら……と、後悔ばかりが募ったものでした。

三〇年後に再評価された臨床研究論文

東二時代の一〇年間は、私の医師として最も充実した期間だったといえます。毎日のように手術やカンファレンスなどの連続で、帰宅はしばしば夜中でした。

高校生のときから日記をつけていた私も、東二時代は日記帳を開くことから疎遠になっています。たまに書いている文章を読み返すと、自宅と駒沢の東二を車で行き来するたび、ひどい渋滞に巻き込まれ、それに対する憤懣《ふんまん》が目立ちます。朝の時間は仕方ないにしても夜中に早く帰りたいときにいたるところ工事だらけで、当然のごとくのらりくらりやっている工事現場をみると腹が立った、などと憤りを記しています。

そんな多忙極まりない日々でしたが、論文もいくつか執筆しました。

私の頭のなかには、東二へ移る際、植村先生がおっしゃられた言葉が常にありました。

「いい論文を書けば、私が教授を辞めるとき、君を推薦するから」

どうしても教授になりたいという強い思いはなかったのですが、そのあとも植村先生から「忙しくて大変だろうが、論文のほうも頑張って」という激励の言葉をかけられ、何とか応えねばと考えていました。

個人的にも臨床研究の成果となる論文を残しておきたいという思いもありました。そこで多忙な日々の合間を縫って書きました。

それが『Retinal vascular loss in idiopathic cenrral serous chorioretionapthy with bullous retinal detachment』という長い題の論文です。

専門的な内容ですので、できる限りわかりやすく説明します。

中心性網膜炎という病気があります。その劇症型が網膜剥離を引き起こすのですが、普通の網膜剥離は、裂孔といって網膜に孔があき水が溜まる病気です。私が取り上げたのは裂孔がない病態の網膜剥離です。

この症状が長く続くと、網膜の血管が消退し、なくなってしまいますが、自然経過によって網膜がくっつくと網膜が機能し始め血管を必要とするので、新生血管として出てくることがあります。珍しい症例ですが、臨床でそれを見つけた私は、そういう側面があることを論文に書いたわけです。

昭和六二（一九八七）年、その論文が『Ophthalmology』という国際医学誌に掲載されました。これは世界の眼科医療で最も権威があるとされている雑誌です。

そのあと、ハワード・シャッツ先生からの質問が同誌に掲載され、「網膜の無血管野は見られないのではないか」と指摘されました。それに対し私は蛍光眼底写真を送って反論しましたが、それきりになってしまいました。

極めて稀な症例ですので、日本の眼科の世界でもあまり注目されませんでしたが、私にとっては、日頃、個々の患者さんをていねいに診てきたからこそ見つけることができたわけです。その意味で、自分の代表的な臨床研究論文として自負する気持ちは変わりませんでした。

後日談になりますが、その論文がとっくに忘れ去られたはずの平成二八（二〇一六）年、不意に日の目を見たのです。ある先生による論文が同じ医学誌に掲載され、そのなかで私の論文が引用され、

「三八％に無血管野がみられた」と報告されました。なんと三〇年ぶりに再評価されたわけで、うれしい限りでした。

話が戻りますが、私が論文に取り組むモチベーションになったのは、植村先生の言葉があったからです。当然、一番先に読んでいただきたいと、書き上げた論文を持参しました。ところが不思議なことに、先生はあまり関心を示されなかったのです。

「いい論文を書けば、教授に推薦する」とまでおっしゃっていたのに、どうしてだろう……訝しい気持ちでしたが、やがてその理由がわかるときがきました。

教授戦に一票差で敗れる

慶應大学医学部眼科の新しい教授を決める選挙が行われたのは、平成二（一九九〇）年の初めだったと記憶しています。四人が立候補し、私もそのうちの一人でした。

大学の教授会で投票は行われましたが、結果、私は一票差の二位ということで落選しました。植村教授の言葉通り、国立病院で存分に腕をふるい、いい論文も書いたという自信がありましたから、教授戦に敗れたことは、やはり悔しい思いでした。

自分が敗れたことは悔しいものの、新教授については全く異存がありませんでした。慶應大学医学部・医局を通じて同期生の小口芳久君だったからです。

小口家は三代続く眼科医で、お祖父さんは新しい眼病を発見し、「小口氏病」として世界に知られています。いわば日本の眼科医療のサラブレッドである小口君は、家柄にふさわしい非常に優秀な医師です。それだけでなく、先に述べたように彼の父上の紹介によって私は進藤先生に出会い、その縁でアメリカ留学の道が開けたのですから、恩人でもあります。さらに留学中、小口君はよくアメリカへ便りをくれ、文献を送ってくれたりもしました。そういう友情心に富む仲間でもあります。

小口君の教授就任パーティに出席した私は、心から祝福を送りました。彼なら、われらが母校の医学部眼科のリーダーとして十分働ける、そう確信したものです。

植村先生からは「ほかの大学もある。君を推薦するよ」とおっしゃっていただきましたが、慶應以外で教えるつもりはなく、丁重にお断りしました。

東二の裏のテニスコートの前で

教授戦に敗れたことで、私はかえって清々しい気持ちになっていました。それまでもうずうずしていたのですが、これで晴れて開業できるわけです。いろいろ回り道をしましたが、秋山眼科を継ぐという「家族との約束」も果たせます。

では、この章の最後に、私が東二を退官するときに書いたあいさつ文を全文載せておきます。当時の私の気持ちがよく出ています。

『本日はお忙しい中、私のためにお集まりいただきまして誠にありがとうございました。

また先程から穴があったら入りたくなるようなお褒めの言葉をい

ただきまして誠に恐縮に存じます。
私のためだけに皆様の貴重な時間をさいていただくのは心苦しいのですがそれだけ私にとっては名誉なことでありまして、結婚式以来の出来事でおそらくこれが最後になるのではないかと思って感激いたしております。

ふりかえってみますと、ちょうど一〇年程前の五八年一月に今日も来ていただいております中村先生のあとを継ぎまして慶應から眼科医長としてまいりました。当時眼科の教授であった植村先生から五年頑張ってきてくれと肩をたたかれ、それでは一人になったときにどれほどできるかみてみようと内心闘志を燃やしていたのを覚えています。

しかし来てみますと私学と公務員では考え方もやり方もかなり違っておりまして、初めのうちはことごとくぶつかって事務の方や看護婦さん方にいろいろ御迷惑をかけてしまいました。

あるとき網膜剥離の患者さんが来て早く手術をしなければ視力が回復しないと思って緊急手術の申し込みに行きましたがオペ室はすでに一杯でできないと断られました。そのときはいまの林田婦長さんではなかったのですが、そして何も東二だけが病院ではないし、ここで手術ができなければ他へ行ってもらえばいいのにと言われて一時は怒りをおさえるのが大変でしたが、これが正論であることが納得できるようになったのは勤めて五年も経ったころでしょうか、ようやく公務員体制にもなれてあたりを見まわしてみると、やはりいるんですね。見上げるような偉い人達が。そういう条件のなかで黙々と立派な医療をしている医者や看護婦さん達が、本当に頭が下がりました。

東二のすぐれた医療を支える人達だと思いました。

私の家族のだれかが病気になったら自分はいまやはり東二に連れて来るだろうなと思っています。

私もこのような東二を支える人達の一人でありたいと思う気持ちは十分あったのですが、五年という約束もありましたし、実家の方では早く帰って来るように言われていて、自分の家族のことを考えてみても自分の子どもの教育すら十分できないのでは申し訳ないと考えるようになりました。

五一才のこの年まで比較的自由にさせてもらっておりましたのでそろそろ家族に対しても恩がえしをしなければと考えて開業にふみ切りました。幸い家内が同業者で育児のかたわら細々と父の診療所を開けておいてくれましたのでそこでやることに致しました。

この一〇年間は私が最も仕事に情熱をそそいだ一〇年間でした。この充実した時間を私に与えてくださいました皆様一人一人に厚くお礼申し上げたいと思います。本当にありがとうございました。

こうして退職した私ですが退職の公表前に手術の予約をした症例が約五〇例程残っております。それで今年一杯毎週水曜日に手術をさせていただきにまいると思いますが残務整理に来ていると思って、めざわりでしょうがどうかごかんべん願いたいと思います。

本日は本当にありがとうございました。』

第六章　約束の開業そして家族との別れ

新しい診療所で念願の開業へ

平成四（一九九二）年一〇月、私は国立東京第二病院医長を退職、同時に秋山眼科の二代目院長に就任しました。五一歳にして、ようやく家族が念願し、私自身もいつかはと思っていたあと継ぎが実現したわけです。

私が慶應病院や国立病院で働いているあいだ、診療所は家内がドクターとして細々とながら維持していました。昭和五六（一九八一）年には長女・美知子も誕生し、診療と子育てに大変だったと思います。それでも姉に子どもたちを託し、頑張っていました。

院長になった私は、五〇〇〇万円をかけて診療所を改装し、白内障手術用の顕微鏡などの器具をそろえました。のちほど改めて説明しますが、白内障の日帰り手術を実現するためです。

その一方で、新しい診療所を建てるため奔走しました。まず土地を確保する必要があり、いろいろな候補地を考えていたところ、たまたま秋山眼科の隣の敷地を購入する話になったのです。父が最初の診療所を建てたすぐ近くですから、願ってもない場所です。

ところが、土地は決まったものの、その購入費用、建物の建設費用をどう捻出するか、これには本当に苦労しました。何しろ世のなかはバブルのさなかです。土地の購入費だけで一億二〇〇〇万円もかかり、そこに三階建ての診療所を作る計画でしたから、さらに費用がかかります。

融資の依頼のため、銀行へ日参しました。最初の銀行では断られ、つぎの小さな銀行には向こう三年間の運営計画書を提出し、頭を下げてようやく融資してもらえることになりました。

こうして翌平成五（一九九三）年、新しい秋山眼科医院が完成しました。

一階は受付と待合室、各種の検査機器をそろえた診察室、二階が手術室で、三階を回復室としました。高齢の患者さんに配慮し、エレベーターも設置しました。医院の延べ面積は二三〇平方メートル、父が建てた最初の診療所と比べると、約四倍の広さです。

完成した真新しい診療所を眺めながら、父が生きていればどう言ってくれるだろうか、と想像しました。

「立派な診療所ができたね。しかし、これからが大変だよ。ここを盛り立てていき、ほかの開業医のお手本となるよう努力しなさい」

そんな父の声が聞こえてくるようでした。

実際、大変でした。新規開業したものの、診療を始めてすぐは患者さんの数も手術数も少なく、収入の大部分を借金の返済に回さなければなりませんでした。

父のときと同様に、姉が事務方を担当、妹が視能訓練士としてサポートしてくれましたが、彼女たちの給料もわずかしか払えませんでした。それでも姉は「大丈夫、健ほどの技術があれば、そのうち必ず繁盛するから」と励ましてくれました。

北区で最初に白内障日帰り手術を始める

姉の励ましは、単なる気休めではありませんでした。秋山眼科の診療の目玉として、白内障の日帰り手術をかかげました。入院手術が常識だった当時、日帰りの認知度はまだ低かったのですが、それが知られるにつれ、患者さんが増えていったのです。

この日帰り手術は、都内でもごくわずかの診療所が手がけるだけで、北区では私が最初でした。現在では白内障の日帰り手術はさほど珍しくないほど普及していますが、ここ五〇年間で白内障治療が著しく進歩したおかげです。その流れをここで簡単に説明しておきましょう。

私が眼科医としてスタートしたころは、角膜の周辺部を半周近く切開する方法でした。縫合技術も満足なものではありませんでしたから、手術も一時間以上かかっていました。また、術後の安静が大変なため、患者さんに数日から一週間ほど入院してもらっていたのです。

さらに眼内レンズもまだ普及しておらず、術後の矯正には分厚い凸レンズの眼鏡か、コンタクトレンズが必要でした。そういう時代が長く続き、慶應病院でも国立病院でも同様の手術法でした。ただ、前にも述べたように、進藤先生などのごく一部の先進的な医師が、早くから日帰り手術を行っていました。進藤先生の場合、顕微鏡を使って縫合を行っていましたが、これは医師の技術が高いから可能なのです。きれいに縫えば、術後も普通に歩けるようになり、眼帯はつけますが、その日のうちに帰宅できるわけです。その後眼内レンズのすばらしさが広まり、粘弾性物質の登場、超音波白内障手術の普及で手術の方法は大きく変わりました。

特に超音波白内障手術は画期的なものでした。

私が慶應大学を卒業したころ、桑原教授がこの超音波白内障手術を研究しておられましたが、世界で初めてその装置を開発し、実用化したのがアメリカのケルマン博士です。

超音波白内障手術の場合、従来の手術が眼球の三分の一くらい切っていたところを、わずか三ミりくらいですみます。傷口が小さいので回復が早く、患者さんにとっては非常に楽で簡単な手術が可能になりました。私が開業して行ったのもこの方法でした。やがて私の日帰り手術が知られるようになると、手術の予約が「一年待ち」という、うれしい悲鳴を上げるほどになっていました。

このように飛躍的な進歩を遂げましたが、ひと口に白内障といっても、症状の軽いものから重いものまでさまざまな症例があります。症状が進み、水晶体が白濁しきっているような場合は、治療も困難になります。

そういう難しい症例に対応するには、やはり豊富な臨床経験が重要です。それも、ただ単に数をこなしただけではなく、一人一人の患者さんをどれだけ丁寧に診療してきたか、その積み重ねが大事なのです。

さらにいえば、日本の開業医の場合、もう勉強は終わったと自分で決め込み、積極的に新しい医療情報を取り入れない傾向も少なくありません。そういう開業医は、少し難しい患者さんをすぐに病院に回したりしがちです。

アメリカの場合、第三章でも述べましたが、開業医はプライベート患者を多く診ています。保険料をきちんと支払う富裕層の患者さんほど、開業医のもとへ行くのです。そういう患者の期待に応えるには、最新技術の情報収集など、日頃の自己研鑽が不可欠となります。

私自身もそれを肝に銘じ、開業してからもできるだけ眼科学会には出席するなど、常に研鑽を心がけてきました。そのおかげで、診療所が軌道に乗るようになったのだと実感しています。

平成21年に白内障日帰り手術が6000眼を超えたときの記念に職員から贈られた盾

開業後の患者さんたち

開業してから、私が手がけた白内障日帰り手術はすでに七〇〇〇件を超えました。そのなかには、慶應高校時代の担任だった渡辺先生や、親友の国松君をはじめとした同級生たちがいます。どの人にも「よく見えるようになった」と喜んでもらいました。

そういう個人的に縁のある人たちだけでなく、医師として長くつきあう患者さんも大勢います。たとえば、前章で紹介した東二時代の患者さんです。お母さんが先天白内障で、生後三カ月のときに私が手術を行いましたが、以来三〇年、現在も秋山眼科に定期的に通院され、良好な状態を保っています。

もちろん、治療は白内障だけに限りません。緑内障、網膜剥離、眼瞼手術など、病院勤務医時代とほとんど変わりなく広範囲にわたっています。

病院と比較すると、診療所の場合、大掛かりな検査機器などの設備面ではやはり見劣りします。また、スタッフ面でも、多くの医師がいる病院のようにはいきません。

しかし、診療所ならではの強みもあります。それは医師と患者さんのコミュニケーションです。診療所では検査から治療までマン・ツー・マンですから、自ずと信頼関係が強まっていきます。かかりつけ医として長く診ていると、私の家族とも友達になり、家に招いてくれる患者さんもいます。

先に慶應、東二それぞれの時代の患者さんを何人か紹介しましたが、開業後の忘れられない患者さんも紹介しておきましょう。

＊　＊　＊

平成八（一九九六）年に、当院で両眼の白内障手術をした五九歳の女性は昔から強い近視がありましたが、手術の結果、近視が改善され、「生まれ変わったみたい」と大変喜んでおられました。

それから一〇年近く経った平成一七（二〇〇五）年、ドック検査で緑内障の疑いが指摘されました。六九歳になっていた彼女は、普通の開放隅角緑内障でした。初めのうちは点眼薬で眼圧のコントロールも良好で、問題ないように思われました。

しかし、アレルギー体質のため使える薬が少なかったのに加え、昔に患った甲状腺がんの再発、リュウマチの発症、ドライアイの悪化などで、眼圧のコントロールができなくなってしまったのです。

そこで平成二五（二〇一三）年、手術を目的に東大病院へ紹介したのですが、あとが問題でした。彼女によれば、紹介医には診てもらえず、長時間待たされたあげく、「保存的な治療で」ということで返されてしまったのです。

私の診療所に戻ってきたこの患者さんはすでに左眼を失明、残る右眼も末期の状態でした。

彼女は千葉県松戸市からの通院でしたが、やむなく私が手術を執刀しました。平成二五（二〇一三）年一二月のことです。幸い術後に眼圧が下がり、二年後にお亡くなりになるまで、ある程度の視力を保つことができました。

＊　＊　＊

つぎはぐんと若い患者さんです。平成一六（二〇〇四）年一月の東京都眼科医会報に『三歳の患者さん』という題で、私が文章を寄せています。やや専門的な部分もありますが、治療の現場や患者さんとのコミュニケーションの取り方などを書いていますので、それを引用することにします。

『長いこと開業医をしていると、いろいろな工夫やこつを覚え、ちょっとした難題を解決できることがある。先日地方の病院で医長をしている後輩からセカンドオピニオンということで三歳の患者さんの紹介を受けた。

同じ病院で心臓外科をしているドクターの三歳の子どもさんが結膜肉芽腫《にくがしゅ》ということで、慶應病院に紹介されて行ったところ、「全身麻酔下で手術をしましょう」と言われ、入院の手続きをするように言われたが、それでいいのだろうかという話であった。

診ると霰粒腫《さんりゅうしゅ》が結膜側に飛び出した肉芽腫で、外眼角のところに白目を覆うようにぶらぶらしている。もう少し大きな子どもなら、いままでも点眼麻酔下で切除したことがあったが、相手が三歳となると本当にできるだろうかと心配になった。昔、病院に勤めていたころはトリクロリールとエスクレのカクテルで眠らせて取るところだと思ったが、開業医ではそれも大変である。

患者さんは三歳とはいえ、両親に付き添われているためか落ち着いていて結構協力的である。眼瞼を開いて下を見るように言うと、ちゃんと下を見てくれる。これはできるかもしれないと思って、二週間後の外来手術日に予約を取った。そして、もしかしたら瞬きをしているうちに自然にスティールが切れて取れるかもしれないと思い、また目薬をつける訓練にもなると思い、一％コンドロンの点眼をつけるようにお話しして帰っていただいた。

二週間後、母親に付き添われて来院、いつものようにまず絵本の所に飛んでいった。まだ通常の診療時間の四〇分前である。私から待合室に出向いてご機嫌を伺う。この前のときと同じいい子である。「坊や、ここのところおかしいから取ってあげるよ。目薬つけられるよね！」上を向かせてもやられるままになっている。

四％キシロカインであるからきっとしみたはずであるが、コンドロンをつけていたせいとは思うが、難なく第一の関門は突破した。実は最初の点眼薬をキシロカインにするか、ベノキシールにするか迷ったのである。自分で試そうかとも思ったが、普段、術前で点眼している助手がキシロカインはあまり痛がらないというのでキシロカインにすることにした。

五分おきに三回点眼したあと、診察台につれてきて、一人で座らせ、電動でいすを上げてあげた。子どもの興味で面白がっている。次に背もたれを倒して後ろに頭をつけさせ、もう一人の助手がぬいぐるみで視線を下に向けているうちに、背後からまぶたを開きスプリング剪刀でいち早くスティールを切断した。「うっ」と言ったが、もう終わったことを告げると泣くこともなく平気な顔をしていた。

ガーゼで圧迫止血して、もう一度抗生剤を点眼してすべては終わりであった。うまくいった。子どもを母の元に返し、取ったものを見せ、少し血が混じった涙が出るかもしれないが大丈夫ですと話した。

帰るときは、まず子どもが先頭に立ち、母親に促されてこっちを向いてバイバイをしていった。なんとなく三歳の子どもと心の交流ができたような気がした。』

地域医療への貢献活動も

父は生前、北区医師会の活動に熱心に取り組み、副会長まで務めました。父ほどではありませんが、私も開業してすぐに北区医師会会員となり、いろいろな活動をしました。

医師会の理事を二期務めましたが、その一期目に学術部担当となった私は、北区医師会学術集談会を立ち上げました。当時の医師会長だった金子庄之介先生が医師会にも会員の勉強の場がほしいと申され、私も同じ思いだったので実現にこぎつけました。

学術面の発表会として、この会は毎年行われてきました。そのうち、病院と診療所の連携、いわゆる病診連携が盛んになり、現在では、北区にある大きな病院の医師たちが中心になっています。また、開業医の先生たちも五、六〇人くらい参加しています。

理事としての二期目は、看護学部を担当しました。北区医師会には付属の看護学校があり、それを担当したわけです。その学校での眼科の講義は、最初からずっと務めております。

平成八(一九九六)年四月には、先輩の先生から、東京都眼科医会の理事にならないかと声がかかり、そちらも兼任しました。

こちらは一〇年間ほどやりましたが、主なところでは、広報活動があります。前項で私の書いた記事を引用しましたが、その東京都眼科医会報は年四回発行しており、編集担当として原稿集めなどをしました。

ほかには公衆衛生部担当として、無料相談会を開いたり、都民の医療啓発活動として講演会を開催したりしました。私自身も一度、朝日ホールで白内障について講演を行いました。

こうした医師会活動のほかにも、地域医療活動として学校医があります。北区内の小学校、中学校から高校まで計八校の学校医を引き受けました。診療所が忙しくなっても、この学校医は平成二七（二〇一五）年にいたるまで、長く継続して引き受けています。具体的には、学校での健康診断や講話などです。

自分が育った地域での学校医活動は、地元への恩返しの意味もありますが、子どもたちを前に語るのは楽しいものです。目の病気や予防、治療などをわかりやすく話しながら、将来、この子たちのなかから眼科医を目指す者が現れるかもしれない、そう思うとつい熱が入りました。

朝日ホールでの白内障の講演会案内板の前で、看護師の清水さん（右）と長男の悟一（左）

姉の闘病と他界

これまで繰り返し述べてきたように、姉・多加子は、父の代から秋山眼科を大黒柱として支えてくれました。

音楽大学のピアノ科を卒業しており、家でもピアノを弾くことを生き甲斐にしていましたが、診療所のレセプト書きの時期など、ピアノの前に座る時間もない忙しさです。それでも姉は、愚痴ひとつこぼさず一心に取り組んでいました。

病弱な父を支えるだけでなく、あと継ぎである私にもありったけの愛情を注いでくれました。子どものころから後年にいたるまで、私の学友や、外国人の友人などがわが家を訪れるたびに、手料理でもてなしてくれました。音大を卒業したあと、クッキング教室で学んでいましたから、姉の作る料理はだれもが絶賛するほど素晴らしいものでした。

そして何より、私が再度のアメリカ行きをめぐって家族と対立し、葛藤していたとき、土壇場で救ってくれたのが姉です。「死にます」と言い残し家を飛び出し、あとを追って見つけたときの姉の表情は、いまをもって忘れることができません。

その命がけの反対で私は目がさめたわけです。しかし、それと引き換えに姉が受けていただろう精神的なストレスの大きさに、当時の私は思いいたっていませんでした。

姉の闘病は昭和六二（一九八七）年に始まっています。私が国立東京第二病院に勤めていたころです。一二月、その東二の産婦人科に入院、私の同僚の先生が主治医になってくれ、子宮の全摘と片方の卵巣切除手術を受けました。診療所の仕事のため、自分の縁談を断った姉は、子どもを産めない体になってしまったのです。

東二での仕事に私が忙殺されている間、姉は診療所の医師として働く家内を助ける一方、私の子どもたちの面倒も見てくれました。そして教授戦に敗れて開業したあとも、姉は大きな借金をかかえてスタートした私を支え、励ましてくれました。いま思えば、秋山眼科の看板を本当に背負っていたのは姉だったのかもしれません。

診療所が順調に伸び始めたのは、開業してから五、六年経ったころからでした。姉にも相応の給料が払えるようになり、彼女は好きな旅行や音楽会へ行く余裕ができました。また、昔から困った人を見ると助けずにはいられない性分だった姉は、募金や寄付に関心を持っており、それもできるようになりました。

しかし、そんな日々もつかの間、たしか平成一〇（一九九八）年の正月の明けるころでした。姉は自分の胸にしこりを見つけたのです。乳がんでした。私が信頼していた先生に診てもらい、紹介された東海大学病院で手術を受けました。乳がんの発症原因はさまざまですが、精神的ストレスが要因のひとつとされています。

退院後も、自分から診療所を手伝っていましたが、やがて再発、東海大学病院で平成一二（二〇〇〇）年三月、帰らぬ人となりました。

入院中、私は時間がある限り、病室の姉を見舞っていました。そんなときいつも、姉が口にしていたのが「元気になりたいな」という言葉でした。診療所がやっと軌道に乗り、まさにこれからというときです。ここまで支えてくれた姉にすれば、今後の弟の活躍を見るためにも、もっと生きていたいと願ったのでしょう。

姉が亡くなったあと、私は彼女の生への執着を具体的に知ることになりました。何とか治りたい、生きていたいと願い、健康食品を買って飲んだり、民間療法や占いに頼ったり、小さなノートにびっしりと写経をしたりしていたのです。

私を引き留めるために死まで考えた姉です。これからというとき、六〇歳の若さで亡くなった姉の無念を思うと、ただただ頭を垂れることしかできませんでした。

大往生の母、弱音を吐かず旅立った妹

母・英子は典型的な日本の母親・主婦とでもいうような女性でした。岩手で幼い子ども三人を育て、父が東京で開業してからは、子育てのかたわら、受付や会計などを担当していました。

やがて姉や妹が大学を卒業し、診療所を手伝うようになってからは家事に専念すると同時に、父の静養のため鎌倉の家へ付き添い、父の体に気を配る日々でした。

私の葛藤の時期、思い悩んで送ってきた母の手紙を先に引用しましたが、昭和五二（一九七七）年二月一二日、鎌倉にいた母の日記にこう書かれています。姉の命がけの反対に私がアメリカ行きを断念したときのことです。

『夜の一〇時一〇分ごろ電話が鳴る。健一から待ちに待った返事。時が解決してくれました。いろいろと悩み苦しんだことと思う。私達の反対（家じゅうの）があって健一の思う女性とは結ばれなくなった。それでよいのだ。本当に健一にはかわいそうだけど人生は長い。これからなのだ。私はうれしくて眠れない。（中略）健ちゃん、よくあきらめてくれました。お母さんは感謝しています』

母の日記も、亡くなったあと読んだのですが、こんな文面から、自分の葛藤が家族に与えていた苦しさが改めて伝わってきます。

父と違って大きな病気をすることもなく、穏やかに歳月を重ねた母ですが、高齢になってくると

やはり衰えが目立ってきました。

最期は自宅で迎えました。二週間ほど前からほとんど食事も口にせず眠っていましたが、平成一六（二〇〇四）年七月、息を引き取りました。主治医によると老衰でした。九二歳での他界でしたから、明治生まれの女性としては大往生でした。

母が亡くなって五年後、妹・喜久子も旅立ちました。父、姉、母を見送り、年下の妹まで見送ることになったのです。

すでに述べたように、妹は大学を卒業後、診療所を手伝い始めました。その傍ら東大分院で勉強し、昭和四九（一九七四）年、視能訓練士の試験を受け合格。父の助手として働くようになりました。事務方の姉と両輪になり、診療所を支えて頑張ってくれました。

結婚話もいろいろありましたが、自分の理想にかなわなかったのか、診療所の状況が許さなかったのかもしれませんが、それらはうまくいきませんでした。結果的に、両親の反対する相手を選びました。

ほとんど勘当に近いような状態で結婚しましたが、一人娘の優子が生まれたあとは、両親も初孫を可愛がり、妹も家族のもとへ戻ってきました。

私が開業してからは、診療所の主任として采配をふるい、多大な貢献をしてくれたのですが、平成一四（二〇〇二）年八月ごろから、貧血が目立つようになりました。検査の結果、悪性リンパ腫と診断され、妹の闘病が始まりました。

化学療法と輸血治療によって、一時元気になったものの、再発を起こし、都立駒込病院に何度となく入院。平成二一（二〇〇九）年六月、帰らぬ人となりました。

長い闘病中、私が一番偉いと思うのは、妹が一度も弱音を吐かなかったことです。悪性リンパ腫の化学療法は特に副作用の激しいことで知られていますが、彼女はどんなに苦しくても泣き言ひとつ口にしませんでした。頭に帯状疱疹ができ、ひどい潰瘍になったときも、ほとんど痛みを訴えませんでした。

生に執着した姉とは対照的な闘病生活でしたが、いま思えばそれは、妹のなかで覚悟のようなものがあったからではないかという気がします。

結婚も出産も自分で決め、やってきた道であるからだれも恨むことはできない。自分自身が責任を取るしかないという一念が、妹を支えていたのだと思えてなりません。

そんな妹にとっての救いは、一人娘の優子だったのでしょう。彼女は母親の診療所勤務を見て育ったせいか医者を志し、何回も挑戦した結果、念願かなって医学部に入ったのです。そして、医師国家試験に優子が合格すると、妹は安心したように旅立っていきました。享年六五、やはりまだ若い最期でした。

こうして父、姉、母、妹の順で逝きましたが、私は四人すべての最期を看取りました。

幼いころから家族五人が寄り添い、病弱な父を支えつつ、一家総出で診療所を支えてきました。長男の私があとを継ぐことが、家族全員の暗黙の約束となり、紆余曲折はあったものの、私はその約束を果たしました。

最後に妹が亡くなったあと、私は自分だけが取り残された寂しさを感じながら、家族一人一人のことを思い出しました。ほかの家と比べると、寄り添い方が特に強いのがわが家だったかもしれません。

しかし、家族の絆が希薄になったいまの世のなか、その絆の大切さを教えてくれたのが、ほかならぬ私の家族だったとしみじみ思います。

あとに続く者たち

自分史と同時に、わが家の歴史をたどるためこの本を書き始めました。わが家の歴史は、言い換えれば秋山眼科のそれでもあります。診療所は現在、私の長男・悟一が三代目院長となっており、それまでの経緯などを記しておきたいと思います。

長男が「眼科医になりたい」と初めて言ったのは、高校生のときでした。私のほうから「医者になれ」と口にしたことはありませんが、日頃、両親の白衣姿を目にしていたため、自分も同じ道をと思ったのでしょう。私が父から命じられることなく、眼科医を選んだのと同様でした。

東京慈恵会医科大学を卒業した長男は、同大学本院や付属柏病院、東京労災病院、東京医療センター、相模原病院などで眼科医として勤務してきました。

その間、秋山眼科院長として働いていた私も還暦を迎え、さらに六五歳になって高齢者の仲間入りをしました。一般企業なら定年退職の年齢です。

私自身は幸い、大きな病気にかかることもなくまあまあ健康で、診療には特に問題もなかったのですが、ある考えがありました。

アメリカの開業医は、本人が健康であっても、六〇歳を超えて一定の年齢に達するとリタイアするのです。制度としてそうなっているわけではありませんが、自ら後進に道を譲るわけです。私もそうしたいと考え、長男に話しました。彼はまだ三〇歳を超えたばかりで、一国一城の主として診療所運営にあたることに不安もあったようですが、私の年齢も考慮したのでしょう、引き受けてくれました。

こうして平成二五（二〇一三）年三月三一日、長男が院長職に就任、私は名誉院長となりました。長男三四歳、私が七二歳のときです。

立場は変わっても、診療は長男とほぼ同一時間担当しました。息子はいろんな病院で研修してきましたが、私から見るとまだまだのレベルであり、診療の合間を見ては細かな指導をしました。

私の若いころと同様、長男も以前からアメリカへ留学したいという希望を抱いていたのですが、なかなかその機会がありませんでした。そこで彼は院長になってからも週一回、東京都医学総合研究所に通って勉強し、論文を発表していました。すると、やがてチャンスが訪れました。

慈恵医大の先輩のお世話で同じような研究をしている人を探し、その人が留学から帰ったあとに一年間留学することになったのです。結婚の早かった長男はすでに二人の子どもがいますが、単身留学です。向こうでは、臨床もやっている先生の下で研究に従事し、緑内障の手術もやらせてもらったと、手紙に書いてきました。

手紙といえば、すでに述べたように私の場合、留学中は毎週のように日本の家族とやりとりしたものですが、長男はめったに書いてきませんでした。昔とは通信手段が比較にならないほど進歩したせいでしょうが、世代の違いも実感させられます。

＊　＊　＊

長女・美知子についても、書き添えておきたいと思います。

長女もやはり自分から医師の道を選び、東邦大学医学部に進みました。眼科をやりたい気持ちもあったようですが、両親と兄がすでに眼科医であり、一人くらいはほかの診療科と考えたのか、彼女は皮膚科医となりました。

日本医科大学で長く勤務医として働いていましたが、結婚に一度失敗し、眼科医と再婚。私がこの本を執筆している間、子どもを出産しました。私にとって三人目の孫です。

父にとっては三人の孫が、全員が医者になったわけです。父もそこまでは考えていなかったでしょう。もし生きていれば、どんなに喜んだことか、父の笑顔を想像すると、私も幸せな気持ちになれます。

歴史を残すためアキヤマビルを建設

長男に院長職を譲ったあとも、私は医療法人秋山眼科医院の理事長にとどまっていましたが、平成二八（二〇一六）年四月、その椅子も長男に譲りました。

その折の退職金をもとに、前の診療所があった跡地に、事務所ビルを建てることにしました。目的はいろいろありますが、何といっても秋山眼科のいままでの歴史を形として残すことです。

父がこの地に開業したのは昭和二六（一九五一）年、それから六五年、数限りない変遷を経て、現在の秋山眼科があることを内外に示したかったのです。

事務所ビル建設にあたっては、「ネクスト」という会社を経営する土田剛さんに相談し、助けてもらいました。診療所の事務長も務めてくれる土田さんの尽力によって、平成三〇（二〇一八）年一月、三階建てのビルが完成しました。

アキヤマビルと名づけたそのビルの一階にはウメザワ薬局さん、二階に土田さんの会社「ネクスト」が入りました。そして三階をふたつに分け、半分を私の書斎というか居場所にし、残る半分を秋山眼科の歴史を表すギャラリーにしたいと考えています。

秋山眼科医院とアキヤマビル

ギャラリーのほうはまだ整理中ですが、父や姉が制作したり収集したりした美術品や書籍などが大量にあります。そのなかには、私の葛藤の時期、父が心を落ち着かせようと丹念に写経した掛け軸、闘病中の姉が生きていたいと願いを込めて、びっしりと写経を書き込んだノートもあります。

この本も、完成のあかつきにはそこに飾ろうと思っています。ほかの人には取り立ててどうということのないものでしょうが、先に旅立った家族たちに捧げるとともに、私の子や孫、あとに続く者たちにとって、道しるべのひとつになれればと願っています。

再訪したチャールストン、再会した旧友たち

ここまで私の個人史や、わが家の歴史をたどってきました。私の人生のなかで一番大きな節目になったのはアメリカ留学ですが、私の家族をよく知っているある人にこう言われたことがあります。

「健一さんがアメリカに行ったことは、間違いだった」

家族のなかに嵐を巻き起こした原因が、私のアメリカ留学にあったという意味でしょうが、それを聞いた私自身も「そうかもしれない」と思ったものでした。しかし一方で、「本当にそうだろうか」という思いもありました。

アメリカでの臨床研修が、眼科医としての自分の土台を作ってくれたことは間違いないが、本当に留学が必要だったのか……この問いに向き合うこともなく、多忙な毎日のうちに歳月が過ぎてしまいました。

ここらできちんと振り返らなければ、この先どんな考えで生きていけばいいのかわからない、そういう心境になったのは六五歳のときでした。この年には北区医師会や東京都眼科医会の各理事を定年で辞めていましたので、その思いがひとしお強くなったのです。

そんなとき、アメリカの旧友ボブ・ハースから「チャールストンのキアワ島で、眼科学会が開か

れるので、ケンも参加しないか」という連絡がありました。南カロライナ州立医科大学のレジデント同期だったボブとは一番気が合い、研修中もよく互いの住まいを訪ね合う仲でした。私の帰国後、毎年クリスマスカードを交換し、ボブが奥さんのジーンを連れて日本へ訪ねて来たこともあります。ボブの誘いに心が動きました。特に健康に不安はないものの、やや耳が遠くなるなど老化が始まりかけている六五歳、アメリカへ一人旅ができるのかためらいはありました。

しかし、自分にとってのアメリカを問い直す最後の機会と思い、腰を上げたのです。

成田空港からデルタ航空で一二時間、ろくに眠れないままアトランタに到着しましたが、ここからチャールストン行きに乗り換えです。ところが検問所の検査が大変でした。平成一三（二〇〇一）年の九・一一事件から五年近く経っていましたが、検問が延々と続き、予定していた乗り換え便に乗り遅れてしまったのです。幸い次の便に乗ることができ、四〇分後にチャールストン空港に着きました。

三五年ぶりの街です。昔、初めて着いたときは真夜中でしたが、そんな思い出にふける間もなく、疲れた体を休めようとホテルにチェックインしました。

翌朝、南カロライナ州立医科大学に向かいました。約束の時間には余裕があり、大学病院の周りを散策してみました。基礎医学の建物や図書館など、大方は改装されていて、私にはなじみのない感じです。

かつて私が学んだ眼科教室はストーム眼研究所と改称されており、トニーさんという女性が研究所内を案内してくれました。一階から四階までが診療室で、五階から上が研究室になっており、途中の事務所に寄ると、昔のレジデント秘書のマディーがいました。太ってしまい、皮膚のたるみは隠せませんが、あのマディーです。気立てのいい、やさしい性格は変わらず、「ケンとわかればハグしなければ」と私を抱きしめてくれました。

七階のロビーには歴代のレジデントとフェローの名前が刻まれたプレートが置いてあり、上から三番目の列に私の名前、隣にボブ・ハースの名前がありました。八階の研究室ブースには研究者がずらりと並んでいます。私のいたころとは変わっていますが、研究室と診療室が同じ建物のなかにある点は同じです。臨床での問題がすぐに研究に反映されるようになっており、このへんが日本との大きな違いです。

研究所を出て、タクシーでキアワ島へ向かいました。チャールストンの街中から約一時間、湿地帯を抜け大西洋に面したところにあるのがキアワ島で、そこで翌日から学会が開かれることになっています。

ホテルの部屋で学会の準備をしていると電話が鳴り、ボブの元気な声が聞こえてきました。早速ロビーで落ち合いました。奥さんのジーンも一緒です。彼らが日本へ来てからすでに三〇年経っています。ボブはすっかり白髪になり、皺だらけの顔でしたが、お互いに何の躊躇もなく握手し、再会を喜び合いました。

彼らと一緒の夕食は心地よく楽しいものでした。昔の思い出話や家族のこと、それぞれの診療所のことなどを語り合いましたが、眼科医として駆け出しの時代をともにした友人同士、話はつきませんでした。

翌日から学会が始まりましたが、ごく小規模なもので期待したほどの成果は得られませんでしたが、私にとっての大きな収穫は、会場でディビス・ジェイコブと再会したことです。やはりレジデント仲間で、私より一期上のディビスはお腹は大きくふくらんでいるものの、顔は昔のままです。私とわかると、全身で親愛の情を示してくれました。六七歳のいまも現役という彼は、「昔、ケンがうまかった上眼瞼を反転するのが、どうしても真似できなかったよ」と述懐に目を細めていました。

それからはボブ夫婦を入れて四人で一緒に食事したり、学会では並んで座りました。トニーさん宅で開かれたパーティは、ストーム眼研究所のウィルソン所長も出席され盛況でした。私は学会会場の冷房が強すぎたせいか風邪をひき、体調を崩していましたが、それでも昔の仲間との語り合いは楽しく、日本の眼科医同士でもこんなに打ちとけて話すことはない、国籍など関係ないなと感じたものです。

やがて別れのときがきました。ディビスは「自分はもうケンに会うこともないだろうが、会えて本当によかった」と、しみじみ話してくれました。ボブたちは「また会いましょう。会えてよかった」、私の手を強く握りしめながらそう言ってくれました。

こうして一週間足らずの旅を終えました。あわただしく過ぎ、体調を崩したこともあり、「私にとってのアメリカは何だったのか」という旅のテーマをじっくり考えることはできませんでしたが、日本に帰ってから考えると、旧友たちとの再会のなかに、その答えがあるような気がしました。

レジデントとして文字通り切磋琢磨した私たちは、それぞれの地で眼科医の道を切り開いている。私は日本でレジデント時代に培った知識や技術を若い研修医たちに伝え、そして自分の診療所で実践している。旧友たちと言葉は違っても同じ人間、同じ眼科医として自分の道を歩いている。そう考えると、自分のアメリカ留学が、家族に与えた苦悩は取り返しがつかないものの、間違ってはいなかったのだ、とそう思えたのです。

結婚を考えたモリーとジョーンのことも思い出しましたが、いまとなっては本当に結婚したかったのかどうか、それもあいまいになっています。中学生のころに夢見たことを実現してみたいと思っただけのような気もします。それを断念して正しかったことは、いまの私、いまの秋山眼科が証明しているといえます。

親友逝去の知らせと追悼の手紙

平成二七（二〇一五）年一二月、例年のようにアメリカから何通ものクリスマスカードが届きました。しかし、いつも必ず届くマイク・キャンベルからのものはありませんでした。マイクの代わりにクリスマスカードを送ってきたのは奥さんのアーマでした。そしてそこには、マイクが亡くなったことが記されていたのです。茫然としました。

レジデントになってすぐの「ランキャスター・研修コース」で出会って以来、マイクとは四五年に及ぶ交流を続けてきました。彼が大勢の家族を連れて日本へ訪れたときのことはすでに述べましたが、私も家族を連れてアメリカのマイクの家を訪れたり、本当に家族ぐるみの交流でした。

お互いに仕事が忙しくなってからも、毎年のクリスマスカードはもちろん、年に何回か近況を知らせ合う手紙を交換していました。チャールストンのレジデント仲間も大事な友人ですが、マイクは私が信頼し、尊敬もしていた親友でした。

その親友の逝去を知らされ、私は彼との長い交友を偲びつつ、奥さんのアーマにあてて、追悼の英文の手紙を書き送りました。それを、ここに引用しておきたいと思います。

『二〇一六年一月五日

親愛なるアーマ

私がメイン州、ウォータービルで初めてマイクに会ったのは一九七一年の夏のことだったと思います。そのとき以来、彼は私の最良の友人になりました。彼は頭がよく、親切で寛大でした。彼とは本当に素晴らしい時間を共有しました。たとえば、三ポンドもあるロブスターを何度も一緒に食べに行ったこと、三人の素敵なお嬢さんたちとのピンポンゲーム、それから寮での緑茶パーティー。彼との限りない思い出のなかで私はひとつとして不快なものはありませんでした。サンフランシスコでのAAOの学会のとき、私は切符か何かをホテルに忘れて彼と車に乗ってしまいましたが、忘れたことを彼に話すとホテルまで取りに戻ってくれました。そして驚いたことにそんなことが三回もあったのです。それでも彼は嫌な顔ひとつせず平然としていました。

グレナダのお宅を私は何回訪ねたことでしょう。いつでも彼は私や私の家族をメンフィス空港まで迎えに来てくれました。それは片道三時間もかかりました。私の家族はあなたのお宅を二回訪ねました。彼は私たちをまるで最高のVIPでもあるかのように扱ってくれました。ガトリンブルグの別荘に行ったことも思い出します。彼は私に別荘の鍵を渡してくれて、いつでも使ってくれていいよと言ってくれました。私たちはまるであなたたちの家族の一員であるように感じたものです。たくさんの思い出はきりがありません。川下り、カウボウイ農場、ビルトモア植物園、中華料理屋さん、あとからあとからいろんな記憶がよみがえってきます。しかし、一番の思い出は、あなたがたの温かい歓迎と信頼、そして心からのおもてなしです。

マイクのお母さん、マキー先生とその息子さんを伴った日本旅行は大事件でした。私はこの旅行を誇りに思っています。というのも、それは私たちの深い信頼を証明したと思うからです。あなたがたに日本で食事と泊まるところを探すことは私にとって大きな喜びでした。鎌倉の父の家で撮った写真の数々は素晴らしい思い出として残っています。

私とマイクの交友は四五年続きました。毎年私たちはお互いに何が起こったかを交換し合いました。マイクは私の生活の一部でした。私はマイクが親友であったことを幸運に思います。彼は私が生きている限り心の中にいてくれることと思います。彼の魂が天国で安らかなることを祈ります。

永久に心を込めて　　秋山健二』

この手紙に対するアーマからの返信です。

『二〇一六年一月二五日

親愛なるケンへ

マイクについてあなたが書いてくれた素晴らしい手紙、ありがとうございました。あなたたちが一緒に過ごした素晴らしい多くの記憶と、マイクについての親切な言葉は私や私の家族にとって非常に大きな意味を持っていました。私はあなたの手紙を子どもたちにも見せましたが、皆とてもありがたがっていました。あなたとマイクの強い友人関係は、何千マイルも離れていても、そして何年経っても壊れることはありませんでしたが、それはお互いに対する尊敬と称賛、医学に対する共通の思い、そして一緒に過ごした時間の賜物でした。

マイクは人生を徹底的に生きました。そして、他の人を助けることを楽しんでやっていました。あなたも覚えていると思いますが、彼は非常なスポーツファンで、野球のミシシッピーチームの大ファンでした。私たちはスタークビルに小さなマンションを買いましたが、それはそこに泊まって野球を観るためで、何度となく行きました。今度も彼が調子が悪いという兆しは何もありませんでした。でも、彼はそのマンションで寝ている間に静かに息を引き取りました。私たちは剖検はしませんでしたが、私は彼が心臓発作を起こしたのだと思っています。彼の父親もお兄さんも若いころに心臓病で亡くなっています。六年前にマイクは五本のステントを入れ、息子のマークの厚い看護のもと順調に生活していました。なので、それは全く予期せぬことで、私たちにとって大変ショックなことでした』

このあと、アーマは五人の子どもたちや孫の一人一人についてそのあとのことや、近況を書き綴っています。長くなるので残念ながら割愛しますが、心臓外科医になった息子さんのほか、医師や歌手兼看護学博士、デザイナーなど実に多彩です。子どもの人格や意思を尊重するマイクならではと感心します。

手紙の最後はこう書かれています。

『マイクは多くの人たちの心に触れた特別の人でした。彼は素晴らしい医者であり、夫であり、父であり、おじいさんでした。また友達でもあり、私はいつも思い出しますが、一緒に過ごした五六年間を本当にありがたいことだと思っています。私は私の面倒を見てくれる素晴らしい家族に囲まれて幸せ者です。

こんな長い手紙で申し訳ありません。でも私もあなたと家族が私たちと交わした友情関係をどんなに感謝しているかお知らせしたかったのです。　アーマ』

彼女の手紙に、地元新聞に載ったマイクの訃報記事の切り抜きが同封されていました。そこには、マイクの医師としての経歴が書かれていました。「湾岸戦争の折、クウェートのアメリカ軍病院院長として赴任」という一節があり、私は彼との会話を思い出しました。

医師としての実力と誠実な人柄によって、戦争最前線の病院院長として白羽の矢を立てられたのでしょうが、それは彼にとってとてもつらい経験だったようです。私がたずねると、「ケン、あの二年間はもう思い出したくもないんだ」と、苦渋の表情でそう言いました。

それ以上私もたずねませんでしたが、世界の大国として海外での戦争が絶え間ないアメリカ、医師も否応なく巻き込まれることもあるのでしょう。誠実なマイクはきっと、全力で診療にあたったはずで、だからこそ思い出したくない経験を沢山したのだと思います。

平和な日本では想像もつかないことです。そういう経験をしながらマイク・キャンベルは医師としての生涯を貫き、旅立ったのです。歳をとるということは、大切な人たちを見送ることでもあります。限りあるのが人の命、七九歳になっていたマイクの逝去も仕方のないことでしょう。

彼は私に別荘の鍵を渡してくれるなど、家族の一員として接してくれました。それは私自身が自分の家族を大切にしてきたからのような気がします。もし私が、「家族との約束」を守らないような人間だったら、マイクとの交友も絶えていた、そう思えてなりません。

付章　日米の眼科臨床教育の相違

日本の眼科医療は本当に優秀か？

私が眼科医になって五〇年以上になります。

半世紀余りを眼科医として過ごしてきたのですが、医学部学生のころ、眼科は医療の世界で一段低く見られていたものです。

眼科を選ぶ学生といえば、私がそうであったように実家が眼科開業医であり、そのあとを継ぐため、あるいは、ほかの診療科に比べ何となく楽そうだという考えの人が多かったように思います。社会的な評価も低く、当時の日本の眼科医療は、アメリカなどの先進国とは比較にならないほどのレベルで、私たちは欧米を仰ぎ見ていたものでした。

それから半世紀経ち、時折耳にするのが「日本の眼科医療は世界のトップレベル」「世界をリードしている」という言葉です。

自信を持つことはいいことでしょうが、そういう言葉を聞くたび、本当にそうなのかと首をかしげてしまいます。そんなに日本の眼科医療は優秀になったのかという疑問がわきます。特に臨床面において、その疑問を強く感じざるをえません。

目にもらいものができてもう二カ月も治らず、瞼を腫らして転医してきた患者さんがいました。転医ということは前の医師が対応できなかったわけです。状態としては霰粒腫と思われる症例で、切開手術をすれば短期間のうちによくなる疾患なのですが、それができないというのです。

ほかの例では、眼瞼《がんけん》内反の患者さんで、涙を流して痛みを訴えているにも関わらず、担当医はひたすら睫毛の除去と目薬での治療をするばかりだったそうです。これもちょっとした手術によって格段に症状がよくなる疾患です。

私の息子も眼科医ですが、医局での研修を終えたころは、本当に研修を受けたのかと思うくらい、知識も技術も未熟でした。

これらが何を意味しているかは明らかです。彼らが勉強を怠けていたわけではなく、日本の眼科臨床教育に問題があるのです。

本文中でも述べたように、私は二〇代の終わり、幸運にもアメリカでレジデント教育を受けることができました。慶應大学病院医局で三年間研修したあとの渡米でしたが、自分が眼科医として知識も技術もろくに身についていないことを思い知らされました。

つまり、先ほど例にあげた日本の若い眼科医たちと同じだったのです。そんな私もレジデントとして三年間、徹底的な臨床教育を受け、ようやく一人前の眼科医になることができました。

その経験をもとに、日本とアメリカの眼科臨床教育の相違について、ささやかな私見を述べてみたいと思います。

日米の医学教育制度の違い

眼科に限らず、日本とアメリカでは医師を養成する教育制度に違いがあります。

アメリカでは大学四年間のあと、さらに四年間の医学部があります。日本では二年間の医学部進学課程のあと四年間の医学部ですから、日本のほうが二年短いわけです。

いま日本では初期臨床研修と称して、二年間のマッチングプログラムを組んでいますが、それでようやくアメリカと一緒になります。一年間のインターン制度は日本ではなくなりましたが、アメリカでは存続しているようです。

日本とアメリカで一番違うところは、アメリカには卒後教育としてレジデント制度があることでしょう。これは専門医を育てる目的で、通常三年間、形成外科のように科によっては六年間の研修を経て、専門医になります。

レジデントはレジデンシー・プログラムに則って教育を受けますが、このプログラムは実にシステマティックな内容になっています。

つまり、三年間で一人前の臨床医を育てるため、知識と技量と経験のすべてが網羅されているのです。それを修了して各科の専門医試験があり、これにパスすれば専門医として独立できます。

眼科の一例をあげれば、私の留学先の卒業生は開業して最初の一年間で、一億円の収入があったといいます。それだけ医師としての活躍ができるのです。

一方、日本ではどうでしょうか。三年はおろか五年間研修して開業したとしても、十分に開業医としてやっていけるでしょうか。なかなか難しいと思うのです。

そもそも日本では、短期間に徹底的な教育によって一人前の臨床医を育てるという考えがないと言わざるをえません。大学病院医局教室の運営が第一で、医局員はそのための一員に過ぎないという考え方です。

もちろん、教室は病院のひとつの科を背負っているので、全体としては一流の診療ができるようになってはいます。教室として、診療のほかに研究、そして、学生の教育、医局員研修と役割が続くわけで、アメリカとは制度が違うといえば、それまでです。

しかし結果として、そういう制度のもとで世に送り出された医者は偏った臨床能力しか身につけていない場合が多く、これが問題なのです。

教室が一人の医者を世に送り出すときには、その人が医師として一人前になっているかどうかを改めて考えてほしいものです。場合によっては、指導医が一緒になり、どの分野が得意で、どこに足りないところがあるかを具体的に教えてあげてほしいと思います。

また開業医も、一日も早く一人前になるための研修、自己研鑽を積極的に心掛けてほしいです。それが、医療全体のレベルを高めることになるはずなのですから。

眼科でいえば、日本の場合「三日も勉強すれば開業できる」とすら言われた時代がありました。「洗眼・点眼」が治療の中心だったことから「目洗いの町医者」と揶揄されていたこともあります。

そういう偏見に屈辱感を覚え、一流の臨床医になりたいという思いがあり、私はアメリカに渡りました。彼の地の臨床教育については、この本の文中でも何度か触れていますが、ここで改めてまとめておきたいと思います。

アメリカで眼科の評価が高い理由

アメリカの眼科の位置づけは、日本の場合と正反対といっていいほど異なります。

医学部を卒業する者のなかで、眼科は全診療科のなかで一、二を争う程人気なのです。医療の世界だけでなく、アメリカ社会全体でも眼科の評価は、日本よりはるかに高いのです。これには、いくつかの理由が考えられます。

留学先の眼科レジデントのなかに、一般家庭医の経験を持った人が多くいました。なぜかというと、眼科医になる前に一般家庭医として通用する最低限の知識は持っていて、まず開業してみる。しかし仕事が大変だったり、収入がのびなかったりで眼科専門医を目指すという人がいたからです。つまり眼科医は、一般医の上の専門医という認識があるわけです。

ふたつ目の理由として、アメリカの多民族性があげられると思います。アメリカはもともとヨーロッパの移民から始まった国です。そこにさまざまな歴史的経緯を経て、アフリカの黒人やスパニッシュ、東洋系などの人たちが住みつき、人種のるつぼともいうべき多民族社会になっています。民族・人種の違いは眼科の疾患にも表れます。アメリカでは眼病を患う人が多く、その種類も多様なのです。たとえば日本の眼科で扱う悪性腫瘍は、網膜芽細胞腫と転移性脈絡膜腫瘍がほとんどです。しかしアメリカでは脈絡膜黒色腫が多いほかに眼瞼の基底細胞がんも多く、眼科医は常に悪性腫瘍を念頭に置きながら診療にあたらなければなりません。当然ながら、それらの疾患に対する病理的な研究や臨床研究が求められます。

三つ目としては、アメリカが世界一の車社会という点にあるように思います。日本の何十倍もの広大な国土を有するアメリカでは、車は生活の必需品です。交通事故の多発によって目に外傷を負うことも多く、事故を起こさないためにも、視力の重要さは国民一般が認識しています。眼科医はそれにも応じていかなければなりません。

アメリカの眼科はヨーロッパの眼科を導入することから始まりましたが、時代が進むにつれ、いま指摘したさまざまな要因に応じるため独自の発展を遂げてきたわけです。

そうしたアメリカの眼科医療の基礎部分を担っているのがレジデント教育といえます。目に関するどんな症例にも適切に対応できる臨床医を限られた期間内に養成する。そのためには系統立った教育、システマティックな研修が必要になります。

知識・技術・経験を実践的に同時進行で

私が留学したのは南カロライナ州チャールストンにある州立医科大学です。ここの眼科教室のレジデントは各学年三名、計九名でした。

年に三人しか採用しないのは、人数が増えればそれだけ教育の密度が薄くなるからです。三名のレジデントは公募されますが、毎年五〇倍に達する競争率です。つまり、レジデントはエリート中のエリートといっても過言ではないでしょう。

私がまず驚いたのは、レジデントが学ぶべきテキストの分量でした。日本の医局にいたときの教科書といえば、『小眼科学』が一冊あっただけでした。ところがアメリカには、デュークエルダーの一九冊に及ぶ眼科全書を始め、アドラー、ニューエル、ジンマーマン各氏によるテキストがありました。

これら山のようなテキストを、狭き門を通ってきたレジデントたちは毎日、猛烈な勢いで読むのです。英語が母国語の彼らに比べ日本人の私には大きなハンディがありましたが、遅れをとるまいと必死で読んだものです。

自分で読んで勉強するだけでなく、それらを机上に置き、レジデントは実際に患者さんの診察にあたります。ページをめくりながら診断するレジデントに対し、患者さんもそれを当然のこととして受けとめています。難しい症例の場合は、先輩レジデントや指導医がアドバイスしてくれます。

カンファレンスは毎日、朝と夕方に開かれますし、勉強会も頻繁に行われます。学内の勉強会だけでなく、街のレストランで、開業医たちを招いて食事会も兼ねたレジデントたちの学術誌発表会（ジャーナルクラブ）が毎月開催されていました。費用はすべて大学の負担でした。

年度末には、全米のレジデントを対象にした試験が行われます。その結果によって一年間の研修成果が問われますから、だれもが真剣に取り組むことになります。また、年一回、レジデント・カンファレンスも行われます。これは九名のレジデントが全員、全米一流の先生たちを前に行う研究発表会です。発表のあと、先生たちの講評や質問もあり、レジデントたちにとって、これも緊張極まりない場面です。

こうして知識が身につくわけですが、もちろんそれだけではありません。知識を活かすための臨床が同時進行で行われます。この臨床経験がアメリカの臨床教育の真骨頂といってもいいでしょう。

日本の医局にいたときは、三年間の終わりにやっと白内障手術を一例といった具合でしたが、アメリカのレジデントは一年目から手術場に入ります。初めは助手的な立場ですが、ただ見ているだけでなく、手術記事を提出しなければなりません。

二年目にもなると、指導医のもとレジデントが執刀者としてさまざまな手術を手がけます。当直のときには、ケンカや交通事故によって目に外傷を受けた患者さんが運ばれてくることもしばしばです。傷口を縫合するなど迅速な治療が必要で、これもレジデントが行います。

そうした大学病院内での臨床だけでなく、学外での診療経験もあるのです。

南カロライナ州立医科大学では退役軍人の病院での診療もありましたが、ユニークなのは精神病院や刑務所に出向いての診療です。

私自身はレジデント二年目の途中の六週間、州都コロンビアにある精神病院に勤務しました。眼科医は指導してくれることになっていた開業医の他は私一人でした。到着した夜、病院の宿舎の薄暗く大きな部屋で、ベッドに横たわって高い天井を見上げながら、どうしてこんなところにという心細い思いに駆られたのを覚えています。

翌日から早速、診療が始まりました。午前中は外来、院内の患者さんがやってきますが、白内障を始め、実にさまざまな症例に対応しなければなりません。外来に来ることができない患者さんには、こちらから出向いていきます。

鍵のかかる病室に大勢の入院患者さんがおり、初めてそこへ入ったときの気持ちは忘れることができません。患者さんたちは珍しい人が入ってきたので奇異の目を向けます。そばに寄ってきて、何やら意味のわからないことを話したり、私の体に触れてくる人もいます。目当ての患者さんを診たあとは一目散に逃げたものでした。

精神病院の隣には刑務所があり、そこからも患者さんがやってきます。手錠をはめられた囚人が警官に付き添われてくることも多く、検査をして手術が必要な患者さんは見つけ次第、手術します。白内障の患者さんが多いのですが、ほかのひどい症例もありました。

印象に残っているのは、やけどで下眼瞼がひきつってしまい、角膜が露出していた患者さんです。上腕部内側から遊離弁を作って移植を行い、瞼をつぶることができるようにしてあげました。

また思い出すのは女性囚人の患者さんで、外傷性白内障のため全く目が見えない状態でした。眼窩圧が高いため、嚢内摘出をしたところまではよかったのですが、硝子体脱出を起こしてしまったのです。私は自責の念にかられましたが、それでも患者さんは、メガネをかけることで視力が戻りよろこんでくれました。

そういう難しい症例をふくめ、一カ月半の出張勤務で一四例の白内障手術といくつかの眼瞼手術を手がけました。相談する開業医はいたもののたった一人で診察し、最善の治療法を選び、手術を行う。レジデントには厳しい日々でしたが、それを達成したよろこびと自信を胸に、中古の愛車を運転してチャールストンへ帰ったのはいい思い出です。

もちろん私だけでなく、レジデント全員が同じような臨床経験を積み重ねます。私の場合、三年間での手術例をあげると、こうなります。

白内障手術八九例、網膜剥離三二例、緑内障二〇例、角膜移植七例、眼窩内容除去二例、斜視一八例です。

日本の医局員ではとても考えられない臨床経験の豊富さだったと思います。

レジデント教育の主役ランキャスター講習会

アメリカのレジデント教育で特筆すべきものとして、一年目の終わりから二年目の研修が始まる夏の三カ月間行われる集中講習「ランキャスター・研修コース」があります。

これは全米のレジデントを対象に行われますが、私のときはメイン州ウォータービルで開催されました。愛車を運転しながらチャールトンからワシントン、ボストンを経ての三日がかりの旅です。

アメリカのレジデントは有給制で、私の最初の給与は月額四五〇ドルでした。外国人である私がアパートを借りて生活していくには十分な金額であり、毎年、昇給していきます。

「ランキャスター・研修コース」出席の際は、三カ月分の給与のほか、受講費と往復の交通費が大学から支給されます。出発する前に一二〇〇ドルの高額な小切手を贈られたときは驚いたものです。

講習の内容について、私が日本へ帰国後、メモとしてまとめたものがあります。より臨場感が伝わると思いますので、それを抜粋引用します。

『この三カ月間の講習は、アメリカレジデント教育の主役ともいえるものであった。アメリカのトップの権威の人たちが入れ替わり立ち替わり講義をしてくれるのである。

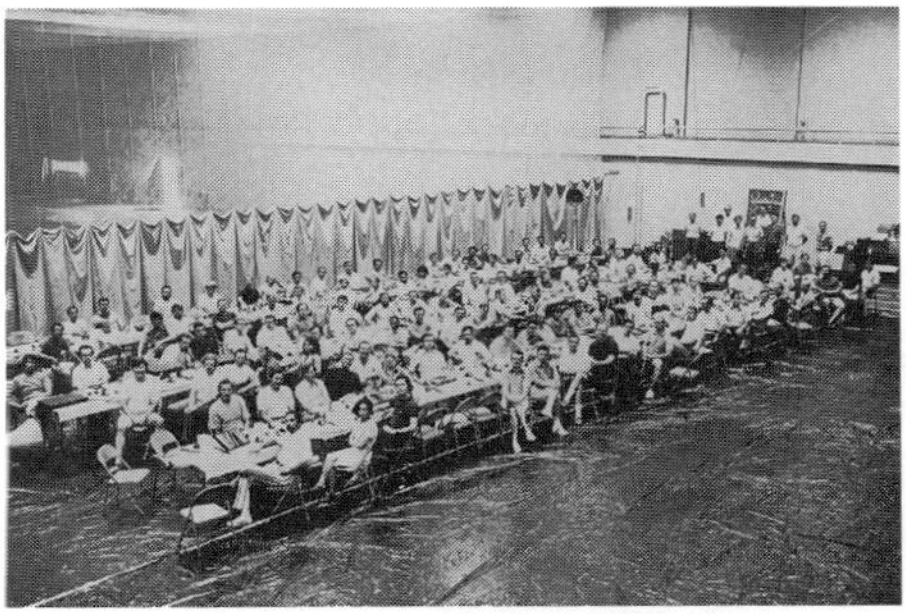
ランキャスターコースでの検影法の講習の様子

どこの大学の教授でも、すべての領域で最高の講義をすることは不可能である。その不可能を可能にするのがこのコースである。未来の眼科専門医に、均等な最高の教育をということである。講義の内容は、眼科学に関するあらゆる領域を網羅しているように思えた。特に光学生理は PhD の先生方をたくさん動員して、色々な実験を交えて講義された。眼の屈折検査の実習では体育館に実習場を作り、模擬眼とレチノスコープ、おびただしい数のレンズを用意して、その度の検定をした。そしてあとで、レンズメーターでそれが正しいかどうか判定した。

病理の実習も日本では考えられない規模で行われ、顕微鏡とスライドが山ほど積まれ、それらの検鏡、診断を行い、解説と照らし合わせていく。そして不明のときは、すぐに講師か助手の人が一緒に見てくれて教えてくれた。

電顕の講義にはＮＩＨの桑原登一郎先生が来ておられた。特に印象に残っているのは、薬理学のリチャードソン先生の講義で、その明快な炎症論には括目の思いであった』

朝から夕方までカン詰めの講習があり、終わったあとは学生寮の部屋で復習予習に追われる三カ月間だったと記憶しています。実にハードですが、休日には、全米から集まった一五〇人ほどのレジデントたちとの交流もありました。

なかには飛び切り優秀なレジデントもいて、彼らから学ぶことも多かったものです。本文中にも書きましたが、そのうちの一人とは特に意気投合し、留学中はもちろん、私が帰国後も交友が続きました。お互いの家族ぐるみでつきあう終生の友を得ることができたのも、この「ランキャスター・研修コース」のおかげです。

これからの日本の眼科医療

先に引用したメモに、「ランキャスター・研修コース」の内容についての記述のあと、日本の眼科医療についてもこう記しています。

『日本ではどうだろうか。眼科の研修医になると、まず目標にすることは学会での発表と白内障の手術である。できるだけ多くの論文を書くことを教えてもらう。新しいデータを出すためのテクニックが伝授される。

次は白内障の手術である。どれだけ早く現在の最高の手術ができるようになるかが最大の関心事である。最もトレンディーで格好のいいのは、数年にして一〇分で白内障の手術ができて、時間当たりの最高の収入が取れるようになることである。

眼科学の系統講義も、眼鏡処方のノウハウも、ものもらいの臨床や結膜炎の臨床も、ほんとの専門家に教えてもらう時間も場も気持ちもなく、エリートの眼科医が出来上がっていくのである。

それが日本の大学が育てている眼科医であり、その人たちがこれからの日本の眼科臨床を担っていく人たちである。私は日本で約三年間眼科をやっていったにもかかわらず、一年目の研修で自分の知識のなさを思い知らされた』

かなり古いメモですので、その後の日本の眼科教育が改善されたとは思いますが、メモに書いた内容はいまでもある程度当たっているように思います。

かつて私は国立病院に勤務していたころ、日本の眼科研修教育改善策として、「『ランキャスター・

研修コース』のようなものを、日本にも設けるべきではないか」と提唱したことがあります。それに対し「現実的ではない」「理想論にすぎない」という意見が寄せられました。そういうコースを作ったとして、経済的な負担はどうするのかと反論され、残念ながら私も自説を引っ込めざるをえませんでした。

たしかに、私の提案は理想論かもしれません。日本とアメリカでは制度の違いがあり、何もかもアメリカの真似をする必要はないと言われれば、その通りかもしれません。

しかし、今後の日本の眼科医療を考えるとき、必要なのは臨床医を育てることだと思います。特別に優秀な医師でなくとも、どんな症例にも適切に対応できる、そういう一人前の臨床医を育てる。そのための系統的な研修システムを作ることがまず必要です。当然、時間も費用もかかりますが、少しずつでも改善していけばできるはずです。

そうしたシステムのもとで学んだ臨床医が日本各地に送り出されていく。そうなれば国民にとって幸せなことであり日本の眼科は世界レベルと胸を張って誇れることでしょう。

七八歳（＊出版時）の私はもはや老兵です。消え去るのみではありますが、そういう夢がかなうことを祈りつつ、舞台から退場したいものです。

おわりに

――父さんは、僕のことを「よくやった」と褒めてくれるだろうか。母や姉、妹は僕のことを「頑張ったね」と褒めてくれるだろうか――

この本の執筆を終え、最初に私の胸に浮かんだ言葉がそれです。

眼科医の長男として生まれ、自分も眼科医になる。世間ではざらにあるケースでしょうが、わが家の場合、父が起こした診療所を私が継ぐということが、家族の暗黙の約束でした。

若いころに結核を患い、病弱だった父を母、姉、妹が支えてきました。自分を犠牲にしてでも、家族が寄り添い力を合わせたのは、その約束があったからでした。

この本を読んでいただいた方々のなかには、そんな考え方は時代遅れ、古くさいと思う人もいるかもしれません。どうして家に縛られなければいけないのかと、疑問を抱く方もおられるでしょう。

私自身も一時期、同じ思いにとらわれました。家族全員の期待や応援を受けてアメリカへ留学し、帰国後、なぜ自分はそんな旧式の考え方に縛られなければいけないのかと反発し、葛藤の日々を過ごしました。

とはいえ、姉の命がけの反対によって「家族との約束」を思い出すことができ、それ以降、約束を果たすべく眼科医の道に私は邁進してきました。一時は大学教授の手前までいきましたが、私が心から目指していたのは、父の診療所を継ぎ、理想の臨床医になることでした。

それがかなったかどうか、私にはわかりません。父、姉、母、妹の順に先立っていき、私が成し遂げたことといえば、父の診療所を大きくしたことと、わが家の歴史を残すためのささやかなビルを建てたことだけのような気もします。

振り返ると、葛藤をふくめたすべてが、私が生まれたときからプログラミングされていたのではないかという思いになります。宿命ともDNAとも言い換えられるかもしれません。人はどう生きようと、自分のDNAから逃れられず、それを認めて歩むことで、人生をまっとうできるとそう思います。

いま思えば、私は本当に人に恵まれました。人生の節目ごとに素晴らしい師や、素晴らしい友に出会うことができました。そのときにはよくわかっていなかったその人たちの素晴らしさは、ときが経つにつれ身にしみるようにわかってきています。また友などと違って、家族は自分では選ぶことができないですが、私にとってはこれ以上にないかけがえのない家族でした。四人が亡くなったいま、心から実感します。

私のDNAは子どもや孫に引き継がれていくでしょう。彼らが私の自分史、わが家の歴史を綴ったこの本からどんなことを感じ、それをどう自分の人生に活かしていくのかはわかりません。ただ自分が何かで迷ったとき、岐路に立ったとき、ひとつの道しるべとしてこの本が役立ってくれればと願っています。

また、私の家族や、眼科とは縁のない方たちにとっては、この本は退屈なものかもしれません。しかし、ごく平凡な家族にもときには嵐が吹き荒れることもあり、それを乗り超えれば本当に家族の絆が強まることがあること、それだけでもわかっていただければと思います。

さらに、どんな仕事にせよ、自分の志や目標を立て、それに向かって努力を積み重ねていけば、必ず報われるということを、この本から汲み取っていただけるなら、私にとっては望外のよろこびです。

拙い文章ですが、最後までお読みいただいたことに深く感謝しつつ、筆を置きます。

二〇一九年三月吉日

秋山眼科医院　名誉院長　秋山健一

家族との約束

2019年4月17日　初版第1刷

著　者 ―――― 秋山健一
発行者 ―――― 坂本桂一
発行所 ―――― 現代書林
〒162-0053　東京都新宿区原町3-61　桂ビル
TEL／代表　03（3205）8384
振替 00140-7-42905
http://www.gendaishorin.co.jp/

デザイン ―――― WHITELINE GRAPHICS CO.
編集協力 ―――― オフィスふたつぎ

印刷・製本　㈱シナノパブリッシングプレス
乱丁・落丁はお取り替えいたします。

定価はカバーに
表示してあります。

ISBN978-4-7745-1771-1 C0023